ちびねこ亭の思い出ごはん

營業中

高橋由太

林孟潔——譯

{ 黒猫と初恋サンドイッチ }

CONTENTS

目次

茶色賓士貓與
紅燒大瀧六線魚

大瀧六線魚

雖然是清淡又美味的高級魚，但在全國餌食豐富的海濱或沿岸的岩礁地帶都釣得到，千葉縣內房也釣得到這種魚，盛產期為夏季至冬季。做成燒霜生魚片、山椒葉醬燒或火鍋，都是相當美味的吃法。

黑尾鷗在空中翱翔。

雖然在圖鑑或電視上看過，但這可能是她第一次親眼目睹。「喵嗚～喵嗚～」的叫聲確實像極了貓，聽來有些悲戚的叫聲，讓人聯想到迷路的幼貓。

今年滿二十歲的二木琴子，來到千葉縣內房的某個臨海小鎮。

此處有藍天大海和沙灘，一旁還有未經鋪裝的小路，路面鋪設的並非柏油而是白色貝殼。若順著電話中聽到的路線，沿著這條白色小路直走，應該就能抵達「小貓料亭」。

小貓料亭是她待會要前往的食堂名稱，位置鄰近大海。

可能是因為不到早上九點，海邊一個人也沒有。這麼說來，來的路上幾乎都沒看到人，這裡似乎跟琴子居住的東京不同，是個恬靜優閒的小鎮。

「臨海小鎮啊……」

琴子輕聲低喃，看了看黑尾鷗和沙灘後，便走上那條白色小路。踩在貝殼上的腳步聲聽起來格外明顯，感覺自己在這個安靜小鎮散布噪音。

已經十月中旬了，氣候卻尚未入秋，還能感受到夏日的燠熱氣息，從萬里無雲的藍天灑落而下的陽光依舊毒辣。幸好她沒嫌麻煩，戴了帽子出門。寬帽簷的帽子為她阻擋了陽光。琴子戴著白色帽子，身穿白色洋裝，肌膚白皙又有一頭長髮的她，很適合這種帶點復古風情的清純服裝。

妳好像昭和時代的大小姐。

琴子曾被人這樣調侃過，是大她兩歲的哥哥．結人說的。光是想起這件事，她就開始眼泛淚光。

不是因為被調侃而不甘心，之所以想掉眼淚，是因為哥哥已經不在了。

哥哥已經不在這個世上了。

他在三個月前撒手人寰。

因為琴子的過失，離開了人世。

大學放暑假後，某天傍晚琴子去了書店一趟。持續有在追蹤的作家出了新書，所以她想去站前的大書店買書。

網路書店雖然方便，但這樣一來書店會紛紛倒閉，讓琴子有些不捨，所以她會盡可能到實體店鋪買書。

「我去書店囉。」

和父母報備後，琴子走出家門。她要買的新書以平放堆疊的形式陳列在店內，看來相當暢銷。買完那本書後，她便離開書店。

她記得當時是晚上六點多，夕陽十分耀眼。她瞇起眼不經意地往車站方向看去，發現哥哥往這裡走來。

「哥。」

琴子喊了一聲，哥哥便回了句「喔，是琴子啊」。

雖然是偶遇，但車站和書店都離家不遠，從家裡徒步不到十分鐘就能抵達。每次想趕回去吃晚餐的時候，基本上都是這個時間點。由於不是難得的偶遇，過去也碰過好幾次，所以琴子和哥哥都不怎麼驚訝，還理所當然地聊起天來。

「要回去了嗎？」

「嗯。」

對話僅只於此，兩人便結伴往前走去。

之後他們也沒說什麼，只是默默往前走。兄妹感情雖好，也不會總是聊個不停，畢竟他們是不必費心勉強找話題的關係。

琴子一直在想剛買的那本小說，滿心期待回家看書，她深信和平的時間正在等著她，根本沒意識到現在跟哥哥走在一塊。

就這樣走了五分鐘左右，他們碰上紅燈。可能是因為這個十字路口較為狹窄，又是通往車站的路線，因此總是人滿為患。

琴子沒有任何不祥的預感，只是默默地站在原地，當時她甚至沒看哥哥的臉，不知道他是用什麼表情在等紅燈。

沒過多久就變成綠燈了，於是琴子邁開步伐，她的目光還是沒在哥哥身上。走到斑馬線中段時，琴子在近距離聽見引擎聲，她立刻循聲望去，發現有輛車衝了過來，那輛車用極快的速度衝向琴子。

要被撞了！

琴子感受到危險，卻變得渾身僵硬無法逃開。她害怕極了，恐懼讓她雙腿發軟，嚇得想要閉上眼睛。

就在這一瞬間，琴子背上受到一股強烈衝擊，當下她還以為自己被車撞了，但撞擊的位置跟預期不一樣，她才發現是被人撞開了。

彷彿被狠狠推開般，琴子的身體滾向另一側的人行道，雖然膝蓋磨破皮，手肘也受到撞擊，但幸好沒被車子撞到。

——完全不知道發生了什麼事。

如果是這樣該有多好啊。她真希望自己什麼都沒看到，也不知道發生什麼事。

被撞到人行道後，琴子一回頭就目睹了那一瞬間。明明閉上眼睛就好了，她卻看到了「那一幕」。

將琴子撞開——救她一命的就是哥哥。在琴子被車撞上的前一秒，哥哥使盡全力將琴子撞開。

「為什麼……？」

沒有人聽到她這聲低喃。

琴子得救了，哥哥卻沒逃過一劫，他被闖進斑馬線的車子撞飛，像斷線的傀儡人偶般滾落在地。

然後他一動也不動，以嚴重扭曲的不自然姿勢倒臥在地，毫無動靜。

喇叭大響，有人發出慘叫。

好幾道聲音來回交錯。

快叫救護車！

叫警察來！

喂，妳沒事吧？

最後這一句是在問自己吧，琴子雖然明白這一點，卻無法回答。她的腦袋徹底當機，也發不出聲音。

不管別人怎麼問，琴子都毫無反應，只是盯著哥哥一動也不動的身體。

此時傳來救護車和警車的鳴笛聲。她知道自己喊了一聲「哥」。

當救護車抵達時，哥哥已經身亡了。

琴子走在貝殼鋪設的小路上，完全止不住湧出眼眶的淚水，眼前的景色變得一片模糊。

哥哥過世後她每天以淚洗面，但怎麼能在這種地方大哭呢，待會還要去食堂，哭哭啼啼的多丟人呀，眼睛也會腫腫的。

為了止住眼淚，她站在原地仰起頭來，天空是一望無際的藍，彷彿盯著看就會被吸進去。

心情稍稍平復下來，琴子看看手錶，發現快到預約時間了，還是趕緊前往小貓料亭吧。

當她重新振作精神準備再次往前走時，忽然吹來一陣海風。

因為天氣宜人，她有些大意了，海邊的風十分強勁，直接將她的帽子吹跑。

「怎麼辦——」

她忍不住喊出聲。白色的帽子高高地飄上天空，被吹到海的那一頭，再這樣下去就要掉進海裡了。

也不能怎麼辦，帽子被吹走也只能放棄追趕，但她很喜歡那頂帽子，怎麼輕易放棄？雖然不喜歡跑步，琴子還是準備跑過去追帽子。

就在此時，那人出現了。有個男人的身影跑過琴子身邊。

男人跑了起來。

似乎想替她撿回被吹走的帽子。

她後來才覺得是這樣，當時琴子嚇得連聲音都發不出來，因為從她身邊跑過的那個男人，背影和死去的哥哥一模一樣。

同樣是修長、纖瘦但精壯的身材，連有點長的頭髮看上去都那麼熟悉。

「……哥。」

琴子輕聲喊道，但男人應該沒聽見她的聲音，頭也不回地朝著太陽的方向往上一跳。

在逆光中騰空而起的身姿十分優美，看起來就像帶著羽翼的天使，琴子還以為哥哥從黃泉歸來了。

她覺得奇蹟發生了。

因為想見哥哥一面，滿腦子都想著哥哥，所以才會來這個地方尋求奇蹟。如果奇蹟真的發生，她應該會欣喜若狂吧。

但是不對。

奇蹟並沒有發生。

琴子明白了這一點。

男人接住了琴子的帽子。他用右手抓住被吹向海面的帽子，雙腳在沙灘上著地，接著回過頭來。琴子這才看清楚他的長相。

雖然同樣是未滿二十五歲的年紀，但他跟哥哥截然不同。他身上散發的氣息不像男人，應該用少年來形容更為貼切。

哥哥長相陽剛，很適合黝黑的肌膚，但這位青年的五官線條十分柔和，肌膚白皙透亮，還戴著輕巧的細框眼鏡。

他戴的是女用眼鏡嗎？

雖然給人這種印象，但那副眼鏡很適合長相中性的青年，看起來就像少女漫畫中，會讓女主角心懷戀慕的溫柔男主角。

那位青年來到琴子身邊，將帽子遞給她。

「拿去吧。」

不只是外表而已，連嗓音都十分溫柔。琴子覺得他的聲音好耳熟，卻無暇仔細回想，他替琴子找回被吹走的帽子，得跟他道謝才行。

「謝謝你。」

接過帽子後，琴子連忙鞠躬道謝。對方特地替自己找回帽子，她卻想哥哥想得出神。

不過，這名青年是從哪裡來的？這裡應該沒有其他人啊。

琴子正感到疑惑，青年就說出令她更加不解的話。

「您是二木琴子小姐吧？」

明明是初次見面，他卻知道琴子的名字。

「是……是的，沒錯。那個……您是哪位？」

琴子驚訝地點點頭，又小心翼翼地回問。

琴子的語氣已經十分客氣，但青年比她更有禮貌，深深彎下腰報上姓名。

「感謝您今天的預約。介紹有些晚了，我是小貓料亭的福地櫂。」

這位適合細框眼鏡的青年，原來是琴子待會要去的食堂的人。琴子這才發現，原來她是在打電話預約時聽過這個聲音。

哥哥的葬禮結束後，琴子家裡頓時失去活力，所有人都變得沉默不語。

父親在當地規模較小的信用金庫工作，母親在超市打工，兩位都是個性文靜又穩重的人。

「琴子的爸爸媽媽感覺好溫柔啊。」

朋友來家裡玩的時候一定會這麼說，父母也確實相當溫柔，從來沒見過他們破口大罵。

哥哥是讓這對溫柔父母十分驕傲的兒子，從國小就成績優異，運動神經也很好，國中時還當上學生會長。理所當然地考進當地偏差值最高的公立高中，沒有歷經重考，就考上了號稱難關的名門私立大學法學院，人生走得一帆風順。

原以為他大學畢業後會去考檢察官或律師，沒想到卻出乎意料，入學還不到一年就說要休學。

琴子固然驚訝，父母卻受到更大的打擊。

「怎麼回事？」

「為什麼要休學？」

父母用質問的語氣問道，臉色都變了，聽得出他們相當反對。

哥哥卻直盯著父母回答：

「我想全心投入戲劇工作。」

哥哥以考上大學為契機，加入了當地的小劇團。雖然知道他很認真，但沒想到他會說出想要休學演戲這種話，父母應該也沒料到這一點。

「不能邊上大學邊演戲嗎？」

這個提問相當合理。孩子好不容易考進知名大學卻要休學，父母怎麼可能馬上答應呢？

「我不想兼職，我想全力以赴。」

這就是哥哥的答案，但父母當然不同意。

「全力以赴？難道你想當演員嗎？」

「沒錯。」

哥哥回答得斬釘截鐵，臉上寫滿了決心，他真的想靠演員這個職業維生。

「應該不容易吧？」

母親這麼問，這個提問也合情合理。琴子對這個圈子不太熟悉，但能成功的人應該少之又少，繼續讀完大學從事法律相關職業肯定更加安穩。

但哥哥堅決不退讓。

「我知道那個世界不好混，但我想挑戰看看。」

哥哥的話語中毫無迷惘，他早已看清自己該走哪條路了吧。

「人生只有一次，我不想留下遺憾。」

他用堅定的語氣這麼說，終於將父母說服了。

我會在三年內做出成果。

也會嘗試電視連續劇。

如果在演員這條路沒闖出名堂，我就重考國立大學當公務員。

聽完這些話，父母才點頭同意。或許是認為哥哥一旦下定決心就絕不聽勸，覺得他一定會當上公務員吧。

老實說，琴子也這麼認為，在戲劇界大獲成功變成電視劇演員，簡直是不切實際的夢想。

但哥哥不到三年就做出成果了。

琴子考上大學那年，他就被選為舞臺劇主角，隔年甚至還通過電視劇試鏡，拿到主角好友這個重要角色。而且還以萬眾矚目的新人演員身分登上週刊雜誌，電視劇都還沒正式開拍，就時不時會在電視上露臉。

「真了不起。」

父親用這句話認同了哥哥的選擇，哥哥登上週刊雜誌時，母親也將那篇報導裁切下來，兩人都十分期待電視劇上映，琴子也對哥哥充滿驕傲。

「哥真的好厲害。」

哥哥的努力琴子都看在眼裡，為了實現夢想不惜放棄大學，付出千萬的努力。雖然本身就有才能，卻比誰都認真練習，琴子也經常看見哥哥在附近的公園做發聲練習。

「人生只有一次，我不想留下遺憾。」

這是哥哥的口頭禪，但他應該留下遺憾了吧，畢竟他在夢想實現之前就撒手人寰了。

失去哥哥後，人生還是要繼續走。四人家族變成三人，其中一人為了保護琴子而身亡。

當時若不是哥哥出手相救，琴子肯定不在人世了，但相對的，哥哥也能繼續存活。

真不希望哥哥不惜犧牲生命拯救自己——這是琴子的真心話。她雖然不想死，但也不想用哥哥的性命換取生存權。

哥哥是有才能的人，琴子知道他有很多粉絲，因為她也常去哥哥的劇團露臉。

琴子對戲劇很有興趣，她會去看舞臺劇，參觀練習過程，也曾在團長的請求下上過幾次舞臺。因為小劇團經常面臨演員不足的窘境，缺乏飾演路人的人。

第二次登臺後，團長熊谷曾對她說：

「琴子有當演員的資質呢。」

熊谷人如其名，是個體型似熊的魁梧男子，留了一臉鬍鬚，看上去像四、五十歲，但其實跟哥哥差不到十歲而已。創辦這個劇團的人是他，發覺哥哥才能的人也是他。

他雖然有張連不良少年都會紛紛走避的凶狠長相，眼神卻很柔和，笑起來和藹可親。怕生的琴子之所以敢登上舞臺，或許就是因為團長是熊谷的關係，他有一種吸引人的魅力。

「哪有什麼資質……」

她只演過沒臺詞的路人，所以以為熊谷在調侃她，沒想到熊谷非常認真。

「只要有琴子在，舞臺就變得好明亮。雖然沒有臺詞，但走路的姿態就充滿光彩。」

這是琴子有生以來第一次聽到這種話，她是性格內向，平常只會窩在教室角落的孩子，不像哥哥是個人氣王，認識琴子的人都知道這一點。

但熊谷還是繼續讚美琴子。

「要論存在感的話，我覺得妳比結人更突出。」

熊谷一臉正經地說出這種百分之百是玩笑話的臺詞，而且還有人贊同他的評論。

「我也這麼認為。」

是哥哥。在一旁默默聆聽的哥哥點頭說道。

「主角明明是我，觀眾的目光卻都在琴子身上。」

「是因為我演得很爛吧？」

「不對，是因為變成妳的粉絲了。居然能用路人這種角色擄獲觀眾的心，妳是天才吧。」

「別捉弄我啦。」

琴子提出抗議，哥哥就有些刻意地聳聳肩膀，果然是在調侃她。琴子還想埋怨幾句，熊谷卻插嘴說道：

「要不要認真磨練演技？琴子應該可以超越結人喔。」

「……不可能。」

她逃也似地拒絕了。雖然喜歡演戲，但她沒有才能，也沒做好全心投入的準備。只要當哥哥的陪襯就好，自己只適合沒臺詞的路人角色，她是因為哥哥才有機會在劇團露臉。

所以哥哥死後，琴子就不去劇團，大學也休學了。她什麼都不想做，哪裡也不想去，一直窩在自己房間裡，只有替哥哥掃墓時才會外出。

這樣的琴子之所以會來到臨海小鎮，起源於熊谷的一句話。

熊谷不只是哥哥所屬的劇團創辦人，私底下跟哥哥交情也不錯，假日時會結伴騎機車去磯釣，也經常外出遠遊。

琴子在哥哥長眠的墓園中再次見到熊谷。某天琴子去掃墓時，看見熊谷在墓碑前雙手合十。

雖然不想見面，但刻意避開實在很不自然，琴子也沒那個力氣。當琴子走近墓碑時，熊谷也發現了她。
「好久不見。」
「前陣子謝謝你的關照。」
琴子本想用這句了無新意的問候語匆匆帶過，熊谷卻進一步詢問：
「妳有好好吃飯嗎？」
他會這樣問，是因為琴子的臉頰消瘦許多吧。她一直沒有食慾，雖然會勉強自己吃點東西不至於昏倒，有時也會不小心整天沒進食。今天也是從早上就沒吃東西。
但琴子不想老實交代，說了也無法改變什麼。
「嗯，我有吃。」
她如此答道。熊谷可能知道琴子在說謊吧，他一句話也沒說，只是憂心忡忡地看著琴子。
為了躲避他的視線，琴子看向二木家的墓碑。父母可能來打掃過了，墓碑十分乾淨，這是歷代祖先的墳墓，年代相當久遠，卻被整理得一塵不染。琴子腦中浮現出父母用抹布擦拭墓碑的情景。
琴子猜想父母的反應，或許是邊哭邊打掃吧，畢竟那麼自豪的兒子過世了。

不要救我就好了。
琴子忍不住對墓碑輕聲低喃，只有自己一個人倖存下來，實在太痛苦了。她眼眶濕潤，淚水就要滿溢而出。為了不讓自己哭出來，琴子努力強忍眼淚，熊谷的聲音卻忽然傳進耳裡。
「妳聽過小貓料亭嗎？」
這個問題來得太突然。可能是嚇傻了吧，琴子的眼淚縮了回去。她不懂熊谷為何忽然說這種話，並開口反問：
「是餐廳的名字嗎？」
通常只有文人、藝人或料理店的屋號才會用上「亭」這個字，所以琴子下意識認為他在聊餐廳的事。
「與其說是餐廳，可能更像食堂吧。是一間位於臨海小鎮的定食店，在千葉縣內房地區，妳聽說過嗎？」
琴子有生以來第一次聽到這個名字，她本來就不常去千葉縣，哥哥還在世時，頂多一年去迪士尼樂園一兩次而已，更沒有去過食堂的記憶。
「……沒有。」
琴子搖搖頭後，熊谷便開始說明。

「我跟結人去釣魚時去過幾次，老闆娘是個五十歲左右的漂亮女人——」

他稍作停頓，隨後才說出那句臺詞。

「她會替客人準備回憶美食。」

這也是從沒聽說過的詞彙。回憶美食——平常根本不會聽到這種說法。

見琴子有些錯愕，熊谷又改口說道：

「就是陰膳。」

這個她知道，是為長年遠行不在家的家人供奉餐食，祈求平安順利。法會時替故人準備的餐食也被稱作陰膳，熊谷的意思應該偏向後者吧。在哥哥的葬禮上，他們也準備了守靈宴和結束後的圓滿桌。

「在小貓料亭吃下回憶美食後，就能聽見重要之人的聲音，回憶也會再度湧現。」

「重要之人……」

琴子不自覺跟著複誦，卻跟不上這句話的邏輯，她不知道熊谷到底想說什麼。

「就是亡者。」

「咦？」

「吃下回憶美食後，就能聽見亡者的聲音，可能也會出現在眼前。」

亡者會現身？

「妳知道我在說什麼嗎？」

被熊谷這麼一問，琴子搖搖頭，她根本聽不懂。

「我的意思是，只要去小貓料亭，就有機會跟結人說上幾句話。」

雖然理解這句話的意思，琴子卻無法置信，正常來說都會覺得對方是故意拿自己尋開心吧。

但熊谷卻一臉嚴肅，看起來不像在說謊。他是哥哥的戲劇恩師，也是超越年齡的摯友。守靈和告別式的時候，他哭得比誰都傷心。

他說的是真的。

琴子有這種感覺。雖然不合常理，但她相信熊谷說的話，想相信他一回，於是琴子再三確認地回問：

「真的能見到哥哥嗎？」

「不知道，只是有可能而已。」

這就是熊谷的回答，但只有幾分可能性也足夠了。琴子將掃墓的事忘得一乾二淨，並對熊谷問道：

「可以跟我說說小貓料亭的事嗎？」

「您好，這裡是小貓料亭。」

撥打熊谷提供的電話號碼後，電話另一頭傳來年輕男性的嗓音。這時候琴子還不知道對方的姓名，但這就是權的聲音。

「我想預約。」

「本店只營業到早上十點，沒問題嗎？」

「早上？」

「是的，早上十點。您還要預約嗎？」

「好……好，麻煩幫我預約。」

琴子點點頭。可能是專賣早餐的店吧，完全無法想像這種店會提供陰膳，但這當然是店家的自由。搭首班車過去應該就來得及。

「好的。」

不過，對方的語氣真是彬彬有禮，有種古雅的感覺，溫和又柔軟的嗓音十分悅耳，讓琴子說起話來可以放鬆許多。

「可以幫我準備回憶美食嗎？」

「沒問題。」

對方二話不說就答應了，接著又詢問琴子的姓名與聯絡方式。之後對方似乎忘了交代什麼重要的事，電話另一頭又傳出嗓音。

「我們店裡有貓喔，可以接受嗎？」

就是所謂的店貓吧。

畢竟店名就是「小貓料亭」了，有貓也很正常。琴子不討厭貓，也不會對貓過敏，於是回答道：

「可以。」

「謝謝您。」

可以想像對方在電話另一頭鞠躬的模樣，琴子從電話中感受到對方誠實的人品，不禁對聲音主人產生了一絲好感。

「期待您的蒞臨，感謝您來電預約。」

連最後都這麼彬彬有禮。

前往小貓料亭的路線是熊谷告訴她的，從東京站搭乘快速列車一個半小時就到了，是可以當天來回的距離。

「幫我和七美老闆娘跟『小不點』打聲招呼。」

告知熊谷要去小貓料亭後，熊谷對琴子這麼說。七美應該是店主的名字，小不點是貓的名字吧。

「好……」

琴子雖然答應，但馬上就忘記了，雖然對熊谷很抱歉，但琴子滿腦子只想著或許能見到哥哥。

琴子搭乘電車來到臨海小鎮，小貓料亭離車站有點距離。

她走出車站轉乘公車，隨著公車搖晃約十五分鐘後，又沿著小糸川的河川堤防走了一會，來到白色貝殼小路時就遇見了福地櫂。

櫂穿著白襯衫黑長褲，在海風吹拂下，偏長的烏黑髮絲輕輕飄揚。

「我來為您帶路。」

「麻煩了。」

琴子回答後，兩人便往前走去，結果不到三分鐘就看到店鋪了，根本不需要特地帶路。

遊艇小屋風格的藍色牆面木造建築，看起來就像時髦的濱海商家；雙層建築看上去十分寬敞，或許是店面兼住家吧。

整間店沒有招牌，只在門口旁放了一面黑板，是咖啡店那種餐廳常見的俗稱「A字板」的直立式看板。

黑板上用白色粉筆寫著：

小貓料亭

提供回憶美食

底下又附加了一行小小的注意事項：

本店有貓

旁邊還畫著小貓插圖，文字和圖案的風格柔軟可愛，感覺是女性畫的。黑板上沒有菜單，連營業時間、專賣早餐等事項都沒寫，感覺店家不是很想做生意。

琴子十分不解地看著黑板上的文字和插圖時，黑板後頭卻傳來叫聲。

「喵～」

是貓叫聲。琴子定睛一看，發現是一隻體型嬌小的貓。這隻幼貓是茶色賓士花紋，非常可愛。

在臨海小鎮總能看見貓的身影，但沒想到店門口竟有這麼小的貓。

這隻小貓應該是流浪貓吧，但牠看起來不怕人，毛色也很漂亮。當琴子看得出神時，櫂對小貓說道：

「我說過不能跑出來吧。」

他的語氣就像在跟人講話似的，連對貓說話都這麼有禮貌，看來他平常說話就是如此，不是為了接待顧客才裝出來的。

「要乖乖待在家裡，知道嗎？」

一臉嚴肅地對小貓說教後，櫂用畢恭畢敬的態度再次面向琴子。

「抱歉介紹晚了，這是我們家的小不點。」

他用超有禮貌的語氣介紹自家小貓。

「喵～」

小貓——小不點像是在打招呼似地叫了一聲。看那淘氣的樣子可能是公貓吧，牠應該就是這間店的店貓。

「我已經警告過牠了，牠還是喜歡衝出去。」

櫂用辯解的語氣向琴子解釋道，看來小不點是脫逃慣犯。

「好了，快進去。」

櫂下達命令後，小貓也回答：

「喵～」

不是嘴上說說而已，小貓真的踏著輕巧步伐往店裡走去，尾巴還晃呀晃的，像是在對琴子和櫂說「跟我來」。

櫂從小不點身邊跑過去，並將店門打開。

「歡迎光臨小貓料亭，來，請進。」

這句話是對琴子說的。

小小的店面只有八個位子，沒有吧檯座位，只放了兩張可以容納四人的圓桌。

桌椅皆為木製，整間店彌漫著宛如小木屋的溫暖氣息；店內一角擺放著又高又大的古老時鐘，現在似乎還能運作，滴答滴答地刻畫著時間。

牆上的巨大窗戶可以看見內房的海景，正好有隻黑尾鷗飛過碧藍的海面上空，並發出「喵嗚～喵嗚～」的叫聲。

「喵～」

小不點像是在回應般往窗外叫了一聲，但牠對黑尾鷗似乎沒有太大興趣，逕直往古老大鐘走去。

琴子還在觀察小不點的行蹤，櫂就來幫她帶位了。

「坐這裡可以嗎？」

這個位子靠窗，外頭的景色一覽無遺。

「可……可以。」

「請坐。」

櫂幫琴子拉開椅子。

「謝謝。」

琴子道了聲謝並入座。這間店乾淨又舒適，不但店員親切，還有可愛小貓。至於小不點，牠已經在古老大鐘旁擺放的木製搖椅上縮成一團閉上眼睛，彷彿下一秒就會睡著，真是閒適又愜意的畫面。

——可以聽見亡者的聲音。

——甚至會現身。

雖然熊谷這麼說，但這間店真的沒有那種感覺。琴子沒看見七美老闆娘

——應該是負責料理的五十多歲女性，本想開口詢問，櫂卻延續話題說道：

「那我現在就去準備您預約的回憶美食，請稍候。」

大概在三小時前，天色尚未破曉的凌晨時分，琴子就出門了。如果沒搭上首班車，就會趕不上預約時間。

雖然時間尚早，佛堂卻亮晃晃的，看來父母還醒著。不只是琴子，父母在夜裡也總是難以成眠。

佛堂就在玄關旁，和走廊之間只用一扇紙拉門做區隔，雖然能看見父母的影子，琴子卻連一句「我出門了」都沒有說。想到父母的心情，她就說不出口。

父母雖然反對哥哥選擇的路，卻也抱持著期望，總是滿心期盼哥哥能上電視，哥哥的夢想就是他們的夢想。

但一切都消失了。哥哥撒手人寰，被悲傷擊垮的父母成了行屍走肉——成天把自己關在佛堂裡。

如果死的是我就好了。

琴子最後歸結出這個結論，來到小貓料亭的此刻，這個念頭也在腦海中揮之不去。

不只是因為哥哥救自己而死，如果活下來的不是自己而是哥哥，父母或許不會消沉至此吧。就算真的灰心喪志，哥哥也能帶著父母重新站起來，琴子卻連開口的勇氣都沒有。

沒用的廢物居然活下來了。

沒有夢想的我居然活下來了。

這些念頭日夜折磨著琴子，讓她不知未來該如何活下去，她感到走投無路，眼淚差點又要奪眶而出。

這時，腳邊又傳來貓叫聲。

「喵～」

是原本在搖椅上安睡的小不點，牠不知是什麼時候來的，在琴子腳邊直盯著她的臉瞧。

那個樣子有些滑稽——彷彿在替琴子擔心一般，讓琴子不禁笑了起來。拜牠所賜，琴子才忍住了眼淚。

「謝謝你。」

琴子向小不點道謝後，櫂也從廚房現身。他穿著白色丹寧質地的圍裙，胸口處還有個小貓刺繡——應該是小不點吧。真是可愛的圍裙。

櫂來到桌邊對琴子說：

「讓您久等了。」

他將餐點端了過來，手上拿著漆製托盤。

有白飯、味噌湯和紅燒魚。

櫂將這些餐點一一端上桌，可能是剛做好的，還冒著熱氣。小不點也發出叫聲，彷彿被紅燒魚的香氣吸引。

「喵～」

牠似乎吵著要吃，但琴子根本無暇分神，目光牢牢地盯著紅燒魚，沒想到這道料理會出現在眼前。

「紅燒大瀧六線魚……」

她不禁低喃道。

這道料理，就是哥哥的回憶美食。

大瀧六線魚，又稱黃魚，是一種長紡錘形的底棲魚，通常棲息在沿岸的岩礁附近，全長有三十公分。

雖然在都內的超市或百貨公司不常見，卻是相當有名的美味魚類，價格也不便宜，被稱為高級魚。

這種魚不會出現在一般家庭的餐桌上，琴子也是從哥哥口中聽來的，以前從來沒聽過。

哥哥會和熊谷一起去釣魚，偶爾就會釣到大瀧六線魚。

「我乾脆去當職業釣客好了。」

琴子記得哥哥曾半開玩笑地如此吹噓。哥哥做起事來樣樣精通，釣到的魚也不會交給母親調理，而是自己一手包辦。

琴子對料理充滿興趣，很喜歡看哥哥處理那些釣回來的魚。

哥哥也不會嫌琴子煩，還會跟她解說魚類知識。

「其實我很想做成『生拌魚泥』。」

生拌魚泥是千葉縣的鄉土料理，是將竹筴魚或沙丁魚用菜刀剁成碎末，加入蔥花或薑末、茗荷、味噌等調料後，再剁成更綿密的細泥。

「直接吃也很美味，但最棒的還是放在剛煮好的飯上一起吃。」

光聽就讓人口水直流了。雖然很想吃吃看，但哥哥說生吃並不安全。

「可能會有海獸胃線蟲喔。」

這是一種會出現在竹筴魚、鯖魚或花枝身上的寄生蟲，也可能會寄生在大瀧六線魚身上，生吃會引發劇烈腹痛，是一種名為「海獸胃線蟲症」的寄生蟲病。

「加熱後就不用擔心了。」

說完，哥哥先做了生拌魚泥，再填入扇貝或鮑魚的貝殼裡炙烤。這也是千葉縣的鄉土料理，名叫「山家燒」。

這道料理充滿了味噌的焦香氣息，讓人食慾全開，連胃口不大的琴子也多吃了一碗飯。

但更讓琴子難以忘懷的料理，是紅燒大瀧六線魚，這似乎也是哥哥最得意的拿手菜，每次做這道菜時都跩得不得了。

「讓妳吃吃看全世界最好吃的紅燒魚。」

「你會做紅燒魚喔？」

「難不倒我啦。」

哥哥又在吹牛了。這道菜雖然費工，做起來倒也不難，只要去除大瀧六線魚的鱗片、魚鰓和內臟，再用平底鍋燉煮即可，哥哥會先用酒和生薑去煨煮。

「這樣能讓肉質變鬆軟，還能去除腥味。」

哥哥不知是從哪裡聽來的，還用賣弄才學的語氣這麼說。酒似乎能凸顯出大瀧六線魚的鮮味。

「等酒沸騰之後，再加入砂糖、醬油和味醂慢慢煨煮，煮出醬色就完成了。像不像在店裡吃的料理啊？」

真的很像，賣相極佳，根本不像外行人做的料理。

「哥哥好厲害。」

琴子最喜歡哥哥做的紅燒大瀧六線魚，每次釣到大瀧六線魚之後，哥哥總會不厭其煩地煮給她吃。

「你怎麼會知道這道料理？」

琴子開口問權。她確實預約了回憶美食，卻沒有提出具體菜色，琴子以為會端出一般的陰膳——就是葬禮或守靈時會吃的那種餐點。

只是湊巧嗎？

不對，怎麼可能呢。從來沒聽說過紅燒大瀧六線魚出現在陰膳菜色之中，而且權做出的紅燒魚跟哥哥做的一模一樣。

「不需要驚訝。」

權直接開門見山地說，並拿出一本筆記。那本厚厚的筆記雖然只有口袋大小，但一看就知道用了好多年。

「這裡有備註。」

「咦？」

「二木結人先生是本店的常客，經常會在這附近的海域釣大瀧六線魚。」

對喔，這件事琴子從熊谷口中聽說過，卻忘得一乾二淨。她也知道為何兩道料理會如此相似，因為哥哥就是模仿這間店的紅燒魚，可能是店家把食譜告訴他了吧。

可是卻沒看到熊谷說的那位五十多歲的女性。黑板上的字明明是女性的字跡，圍裙上的刺繡也令人在意，但這間店彷彿只有櫂和小不點「兩個人」在經營，完全沒有其他人的影子。

櫂將筆記收進圍裙口袋，又將另一份餐點端上桌。這份是哥哥的。

「請慢用。」

櫂低頭鞠躬後便走回廚房。

紅燒大瀧六線魚、白飯和味噌湯，不是葬禮或法會上那種千篇一律的陰膳，而是充滿回憶的美食。

哥哥還沒出現。

也沒聽見他的聲音。

實在太安靜了，感覺古老大鐘的聲音變得格外清晰，還能聽見窗外的海浪聲和黑尾鷗叫聲。

可能是知道琴子不會把紅燒大瀧六線魚分給自己了吧，死心的小不點在琴子對面的椅子上縮成一團，正好就是擺放回憶美食的位置。此刻絲毫沒有亡者會現身的徵兆。

琴子失望極了，雖然是間氣氛舒適的食堂，卻無法帶給她任何期待。根本不像熊谷說的那樣，也不可能再見哥哥一面。

儘管失望，琴子還是做做樣子，雙手合十拿起筷子。

「我要開動了。」

琴子決定開始用餐，其實她還是沒什麼胃口，但完全不碰餐點留下剩菜也很失禮。她決定只吃紅燒魚就好，便拿起筷子夾菜。

紅燒大瀧六線魚已經煨煮到骨肉分離，筷子輕輕一夾就能取下完整的魚肉，美麗的白肉魚裹滿了半透明的褐色醬汁。

她應該毫無食慾，卻不自覺嚥下了口水。醬油與砂糖的鹹甜香氣刺激著鼻腔，讓她忽然好想吃紅燒大瀧六線魚。

於是她直接將夾起的魚肉放進嘴裡，最先嘗到的是醬汁的美味，鹹鹹甜甜、充滿深度的味道，凸顯出白肉魚鮮甜滋味。一咬下去，清淡卻帶點油脂的大瀧六線魚肉在琴子的舌尖上與醬汁完美融合，又緩緩消失不見。

實在太美味了，琴子忍不住開口讚嘆：

『比哥做的紅燒大瀧六線魚還要好吃……』

說出這句話後，琴子有些疑惑地歪過頭。聲音不太對勁，感覺悶悶的，還以為自己感冒了，但喉嚨也不痛。再說，以前感冒時聲音也不會變成這樣。

喉嚨沒問題，難道是耳朵出問題了嗎？自己是不是罹患了某種疾病？

正當琴子有些不安時，有個男人的嗓音對她說：

『別說這種廢話啦，這可是專家做的料理耶。』

聽起來像是在回答琴子剛才嘀咕的話，但這不是權的聲音，感覺是從店外面傳進來的，而且這個聲音好耳熟，在暑假的那一天——在車禍發生的那一瞬間之前，她每天都會聽到這個聲音。

『不會吧……』

琴子發出低喃的同時，門鈴也發出喀啷喀啷的聲響，小貓料亭的門被打開，彷彿有人走進店裡。

琴子循聲望向該處，就看見一道修長的白色人影走入店內。

『喵～』

小不點起身跳下椅子回到搖椅上，似乎要把座位讓給進來的那位客人。

琴子看向搖椅旁的古老大鐘，時針一動也不動，時鐘完全停擺了。

感覺不太對勁。

彷彿時間本身靜止了一般，海浪聲和黑尾鷗的叫聲都消失了，連風聲都聽不見。

『什麼？發生什麼事了……？』

店裡忽然被朝霧籠罩，似乎在回應琴子的疑問，那道修長的白色人影也慢慢走來。

那是哥哥，那個人影用一聽就知道是哥哥的嗓音說：

『琴子，好久不見啊。』

本該不在人世的哥哥居然出現了。

琴子是為了尋求奇蹟，想見哥哥一面才來的，但哥哥真的現身後，她反而說不出話來。

琴子想找櫂求救，卻感受不到他的氣息，彷彿只有琴子和小不點迷失在另一個世界。

『我可以坐下來嗎？』

『……嗯。』

琴子點點頭後，哥哥就在對面的位置入座，那裡放著哥哥那一份回憶美食，還冒著溫暖的熱氣。

『這個紅燒大瀧六線魚感覺很好吃耶。』

哥哥愉悅地說，聲音雖然含糊不清，但他的說話方式跟生前一模一樣，這個人真的是貨真價實的哥哥。

琴子猛然回神，既然哥哥現身了，她可不能繼續發愣。

『我去把爸爸媽媽找來。』

她想讓哥哥跟父母見一面，他們比誰都想念哥哥，一定會很開心吧。

雖然打電話比較快，但琴子沒把握能把這個狀況解釋清楚，還是先回家一趟把父母帶過來吧。思及此，琴子就準備從座位上起身，卻被哥哥阻止了。

『不必了。』

哥哥看出了琴子的思緒，琴子卻不知道哥哥在想什麼，所以反問道：

『為什麼？』

『妳把他們帶過來之後，我就已經消失了。』

『消失……？是永遠消失的意思？』

『對。』

哥哥點點頭，向琴子解釋她尚未明白的事實。

『我沒辦法在這個世界待太久，吃完這頓飯後，我就會消失。』

早知道就不吃了——這話才湧上喉間，琴子卻忽然想起住持在葬禮時說過的話。

——亡者只能品嘗氣味，在靈堂前焚香，就是要讓亡者品嘗那個味道。

哥哥似乎真能讀出琴子的心思，只見他點點頭。

『餐點冷掉後，我就感受不到氣味了，妳可以把餐點的熱氣想成我的食物。』

只有餐點還冒著熱氣時，哥哥才能留在人世。好不容易才見一面，卻只能在回憶美食冷掉之前與他共處。

『還有一件事。』

哥哥繼續說道：

『我只有今天才能回到人世，時間結束後，我可能就再也不能過來，也無法再跟妳說話了。』

雖然說了「可能」二字，哥哥的聲音卻充滿篤定。他知道這是最後一面了吧。

『怎、怎麼會——』

琴子用悲鳴般的語氣試圖回話，卻無法繼續說下去，她不知該向誰傾吐這份埋怨。

又走投無路了。自從哥哥死後，她總是茫然無措。哥哥像是要安慰沮喪的琴子般繼續說道：

『雖然僅止一次，但能見面就算是奇蹟。』

琴子也覺得這是奇蹟，卻無法苟同。她還是無法接受，也不覺得慶幸。就是因為琴子見過哥哥，才害父母無法再見他一面。

琴子想起父母坐在佛堂前的背影，這三個月他們變得越來越瘦小，還長出好多白髮，他們一定很想念哥哥。

明明如此思念，卻無法讓他們見面。

自己居然用掉了僅有一次的寶貴機會，她後悔獨自跑來跟哥哥見面，懊悔出發前沒跟父母商量。

『就算後悔，時間也不會倒流。』

哥哥用溫柔的嗓音這麼說。雖然殘酷，卻是事實。心生懊悔的同時，時間仍在繼續流逝。

紅燒大瀧六線魚開始變冷，不再散發熱氣，白飯和味噌湯也一樣，回憶美食正在慢慢冷卻。

沒有時間了。

照這情況看來，應該不到十分鐘就會完全冷掉，哥哥也會回到靈界。

琴子慌張極了，彷彿被逼入絕境。她想開口說話，喉嚨卻緊繃到發不出聲音；腦袋也一片空白，想不到任何隻字片語。

時間仍在慢慢流逝，琴子卻依舊無語凝噎。

不行了。

一句話都沒能表達，和哥哥相處的時間就要結束了，我白白浪費了這段宛如奇蹟的時間——正當琴子如此心想時。

「請慢用。」

有人開口說話了，而且聲音清晰不含糊。

琴子轉頭一看，發現櫂不知何時站在桌邊，原本不見人影的他忽然現身了。

「我還準備了這一道菜。」

櫂用恭敬的語氣這麼說。他似乎看不見哥哥的身影，將料理端上桌時沒有看向哥哥的位置。

也是兩人份。

熱騰騰的白飯和一個小碗。

小碗中裝著幾個骰子狀的半透明凝凍，呈現出褐色石榴石或碧璽那種美豔動人的顏色。

『謝謝招待。』

哥哥這麼說，櫂卻毫無反應。看來櫂果然聽不見哥哥的聲音，也看不見他的身影。

『謝謝招待……』

琴子將哥哥的話輕聲重複了一遍，櫂便點點頭說：

「這是本店的招牌料理。」

他應該聽到琴子的聲音了吧，光是這樣就讓琴子覺得無比踏實，彷彿找到了同伴。

『這是什麼……？』

琴子用依舊含糊的嗓音這麼問，櫂就揭曉了這道如寶石般優美的料理名稱。

「這是用大瀧六線魚製成的魚凍。」

將燉煮魚類的湯汁冷卻凝固後即為「魚凍」，可以用鰈魚或比目魚這種富含膠質的魚類來製作。

通常會用寒天或明膠將煮散的魚肉和湯汁一起凝固，但擺在眼前的這道料理只用大瀧六線魚的湯汁製作而成。

櫂行了個禮便消失了，他應該只是回到廚房而已，琴子卻覺得他消失在朝霧的另一側。

又只剩下她和哥哥兩個人了。小不點在搖椅上熟睡著，偶爾會發出嗚喵嗚喵的叫聲，可能是在做夢吧，聽說貓跟人一樣也會做夢。

或許是在等櫂離開現場吧，哥哥現在才開口說道：

『這裡的魚凍很好吃喔，放在飯上吃吃看。』

桌上放著如寶石般美麗的魚凍，重新準備的那碗飯是剛煮好的，還冒著熱氣。雖然覺得現在不是吃飯的時候，琴子卻被櫂做的料理深深吸引。

『不趕快吃的話，飯就要冷掉囉。』

哥哥用催促的語氣這麼說，可見這道料理美味到想讓妹妹也品嘗看看吧。

『嗯。』

琴子點點頭，用筷子夾起一小塊半透明魚凍。

雖然凝固到不會夾碎的程度，卻富含柔軟彈性，琴子將魚凍輕輕放上還在冒熱氣的白飯上。

魚凍不耐高溫，湯汁滲進剛煮好的白飯中，閃耀奪目的半透明方塊緩緩融化，原本被封在膠質內的紅燒魚香氣也頓時解放。醬油、砂糖和鮮魚香氣完美融合，和白飯的熱氣一起裊裊上升。

琴子用筷子夾起滲入魚凍湯汁的白飯放進嘴裡，美味立刻襲向味蕾，是毫無腥味的魚類鮮香。

清淡美味的白飯，融合了濃縮大瀧六線魚的鮮香和油脂，一咬下去，鹹甜湯汁和熱騰騰的米飯香氣頓時彌漫整個口腔，尚未完全融化的魚凍也在舌尖上慢慢化開。

『如果是手藝不好的餐廳，就會因為魚腥味而難以下嚥，但這裡的魚凍一點腥味都沒有吧？』

『嗯。』
『因為一開始會用酒徹底煮過。』
哥哥說得像是自己的功勞一般，看起來有些滑稽，讓琴子緊繃的肩膀放鬆下來，心情也舒緩許多，現在就能將想說的話說出口了。
琴子將碗筷放下，向哥哥低頭致歉。
『對不起。』
『嗯？妳幹嘛道歉？』
『為了車禍的事。』
『啊啊……那又不是琴子的錯。』
不對，就是琴子的錯，哥哥就是為了保護她，人生才會畫下句點。如果她當時沒有恍神，或許就能預防這起事故，哥哥可能也不用賠上性命。
錯的是那臺衝撞過來的車——就算用這種方式說服自己，這個想法也揮之不去，讓琴子的心靈留下創傷。
『別放在心上。』
哥哥開口安慰琴子。不論何時，哥哥都會溫柔地拯救琴子。琴子腦海中浮現出幾個回憶。

小學時她曾差點在海中溺斃，當時也是被哥哥救回來的。哥哥會保護她不受人欺侮，教她讀書。琴子說不會吊單槓，哥哥就在附近的公園教她。教琴子學會游泳的也是哥哥。

哥哥隨時都在琴子身邊，遇上困難時都會出手相救。為了不讓琴子掉眼淚，他總是不遺餘力。

但哥哥已經不在了。

哥哥已經死了，而且是被琴子害死了。

『……我沒辦法。』

琴子用含糊的聲音低喃道，明明很小聲，卻顯得格外清晰，或許因為這是發自內心的話語吧。琴子繼續說道：

『你要我別放在心上，但我根本辦不到。』

『或許吧。』

哥哥也認同這個說法。琴子回問：

『我該怎麼辦才好？』

自車禍那天以來，琴子就痛苦得不得了，今天來到這裡，就是想尋求哥哥的幫助，她希望哥哥告訴自己，要如何在失去哥哥的世界活下去。

琴子看著對面座位，和魚凍一起被端上桌的白飯熱氣已經漸漸消散。剛剛櫂雖然端了新菜色過來，但應該不會再追加了，哥哥能留在人世的時間已經所剩不多。

哥哥沉默了一會，默默看著逐漸消散的熱氣。詢問亡者如何活下去，或許還是太殘酷了吧。

還以為哥哥會繼續沉默不語時，哥哥說話了。

『我只有一個要求。』

他的嗓音平穩卻嚴肅，似乎沒打算回答琴子的問題。

這也沒辦法，本來就是琴子不對，只顧著自己的心情。彷彿與回憶美食冷掉的速度同步似的，哥哥的身影開始變淡，琴子也做好道別的準備了。

『什麼要求？』

琴子用催促的語氣一問，哥哥就再次開口，傳入琴子耳中的卻是意料之外的一句話。

『站上舞臺吧。』

『咦？』

琴子莫名其妙地提出反問，哥哥才換了另一種說法。

『我希望妳之後能繼續演戲，希望妳以演員的身分站上舞臺。這是我的要求，也是剛才那個問題的答案。』

『問題的答案？』

『沒錯。妳不是問我該怎麼做嗎？就以演員的身分活下去吧。』

琴子十分疑惑，不懂哥哥為何說這種話，她本想重新再問一次，但已經沒有時間了。

『好，該回去了。』

哥哥站起身，準備離開人世。這一走，就再也見不到他了吧。

哥，等一下。

琴子本想這麼說，卻發不出聲音，嘴巴也動不了。她渾身僵硬，彷彿時間靜止了。

哥哥將動彈不得的琴子留在原地往門口走去，原本在搖椅上安睡的小不點也醒了過來，跳下搖椅緩緩往前走，接著在店門前乖巧坐下，發出問候般的短叫聲。

『喵～』

哥哥似乎聽得懂貓語。

『嗯，再見。』

他跟小不點道別後就打開店門，門鈴發出喀啷喀啷的聲音，而且清晰不含糊。

外頭雪白一片，全被朝霧籠罩，完全看不見海洋、天空和沙灘，卻又充斥著光芒，彷彿身在雲朵之中。

哥哥要出去了，要從琴子眼前離開了，琴子絞盡全力張開嘴巴。

『……哥。』

她終於可以發出聲音喊住哥哥了。

哥哥雖然沒有回頭，卻開口回應道：

『謝謝妳過來見我，我會一直守護著琴子，永遠陪在妳身邊，活在妳的心裡。』

說完最後一句話，哥哥就走出店門，可能是回到靈界了吧。

大概幾秒後，琴子猛然回神，發現自己回到現實世界。

朝霧消散，古老大鐘也繼續刻劃時間。感覺像在做夢，但小不點還坐在門邊，店門也敞開著，哥哥臨走前沒有關門。

哥哥說的話還縈繞在琴子耳邊。

『站上舞臺吧。』

『希望妳繼續演戲。』

『希望妳以演員身分站上舞臺。』

『以演員身分活下去吧。』

哥哥說得斬釘截鐵，是不是希望琴子代替自己踏上成功之路？

雖然想不到其他可能，但琴子覺得並非如此，哥哥不會把自己的夢想託付給其他人——更不會逼妹妹承擔。

當琴子陷入沉思時，小不點已經來到她的腳邊，盯著她的臉叫了一聲。

「喵～」

牠的叫聲已經恢復正常，不再含糊不清。牠仔細盯著琴子的臉，用清晰的嗓音又叫了一次。

「喵～」

牠似乎想對琴子說些什麼，琴子不像哥哥那樣聽得懂貓語，但她還是想找到一點線索，所以也回看小不點的臉。

欸，告訴我。

哥為什麼會說那種話？

小不點沒有回答，卻有另一個腳步聲緩緩靠近。

「為您送上餐後的綠茶。」

原來是櫂走了過來，他的態度依然恭敬又沉穩，將綠茶放上桌後，他便準備走回廚房。

「那個……」

琴子將他喊住。

「嗯？」

「我想問你一件事。」

「請儘管提問，不必客氣。」

櫂這麼說。這個世界上能夠商量這件事的人，應該只有他了吧，琴子希望櫂能幫她解惑，告訴她哥哥為什麼會說那種話。

「哥哥現身了。」

解釋完剛剛發生的狀況後，琴子向櫂問道：

「哥哥為什麼會說那種話呢？」

沉默籠罩了現場。

而且持續了好長一段時間。

但在琴子看來，櫂不是陷入沉思，而是在猶豫該不該說出答案。

琴子猜想，櫂應該能明白哥哥的心情。

「拜託你，告訴我吧。」

琴子再次央求後，櫂才終於給出答覆。

「接下來要說的全都是我的想像，妳可以接受嗎？」

「可……可以。」

見琴子點頭同意，櫂才終於開始解謎。

「我想，妳哥哥是想再一次站上舞臺吧。」

「咦……？就算我站上舞臺，跟哥哥又有什麼關——」

琴子話還沒說完，哥哥那句話忽然閃現腦海。

『我會永遠陪在妳身邊，活在妳的心裡。』

如果這句話是真的，那琴子站上舞臺時，哥哥也算是一同登臺了。

琴子試著設想哥哥的心情，他或許很想再看一次從舞臺往下望的景色。

不，一定是的。他當初不惜放棄大學也要挑戰戲劇，當然會充滿留戀。普通的路人角色一定無法滿足哥哥吧，他是劇團的中心，始終站在舞臺正中央。

「我要重新加入劇團。」

琴子這麼說。這個決定不全是為了哥哥，琴子自己也很想站在舞臺正中央，或許她一直以來都想挑戰戲劇這條路。

這也是要提醒自己不能忘記哥哥，活得越久，和哥哥共度的那些時光也會慢慢遠去，但只要琴子站上舞臺，就能和哥哥常伴左右。只要繼續堅持演員之路，自己應該也能追上哥哥的背影吧。

我沒辦法，我做不到——這股心情不知不覺消失了，她現在就想馬上投入練習。

「我想再挑戰一次戲劇。」

琴子做出宣言後，權就為琴子鼓勵打氣。

「加油，我會跟小不點一起支持您。」

小不點似乎也對這句話表示贊同，輕輕搖了搖尾巴。

此刻已過早上十點，來到打烊時間，結果直到最後都只有琴子一位客人。或許有人預約回憶美食那一天，就會婉拒其他客人吧。

回憶美食的價格雖然不便宜，也沒有貴到離譜的程度，以包場的標準來看，也是可以接受的價錢。

結完帳後，琴子便和權跟小不點低頭鞠躬。

「謝謝招待。」

打開裝設著門鈴的大門後，琴子走出小貓料亭，清爽的藍天和大海在眼前拓展開來，黑尾鷗無所事事地在沙灘上漫步，還有微風徐徐吹來。

「帽子要戴好喔。」

權這麼說，並送琴子到店門外，因為要打烊了，他可能是要把黑板招牌收進來吧。

這時小不點卻沒有來到店外，可能是因為被權罵過「不能跑出去」吧。

「好，我不會再讓帽子飛走了。」

琴子回答道，並將帽子戴緊了些，這是權幫她撿回來的帽子。

眼前是鋪設白色貝殼的小路，大概一小時前，琴子在這裡遇見了權，迎來這場改變人生的邂逅。

幸好有來這個臨海小鎮。

幸好有來小貓料亭。

雖然心滿意足，但琴子想在回東京前再問一個問題。提出這個問題需要一點勇氣，但琴子下定決心向櫂問道：

「我可以再來找你們嗎？下次我不是要來吃回憶美食，就想簡單吃頓飯。」

琴子的口氣變得有些膽怯，原以為櫂會取笑她「居然要大老遠過來嗎」，但他的態度十分和善。

「當然，這裡隨時歡迎您，我會準備美味佳餚恭候大駕。」

還能再見到櫂跟小不點。

琴子對那一天充滿期待。

小貓料亭特製料理

生拌魚泥蓋飯

材料（兩人份）

・竹筴魚或沙丁魚等（任何可以生吃的魚類）想吃多少就準備多少，如果是竹筴魚建議準備三隻。
・薑、蔥、紫蘇、茗荷、芝麻等　適量
・味噌、醬油　適量
・白飯　兩人份

步驟

1　將魚切成三片，用敲打魚身的方式稍微剁碎。
2　用菜刀切碎蔥和紫蘇等上述的佐料。
3　將 1 和 2 混合後剁碎至黏稠狀，再加入味噌及醬油（生拌魚泥完成）。
4　將做好的生拌魚泥放在剛煮好的白飯上。

重點

因為是家庭料理，使用自己喜歡的魚類和佐料即可。減少醬油的用量，改成最後再淋上去就能調整口味。放上溫泉蛋也是相當美味的吃法。

黑貓與
初戀三明治

雞蛋

千葉縣的蛋雞飼養規模不斷擴大，數量在平成三十年來到九千四百五十隻，在全國也是屈指可數，位居全國第二（取自千葉縣官方網站）。

由於在魚貝類或海藻類的飼料中添加了蔬菜、黃豆和玉米，讓雞蛋的口感鮮甜濃郁且相當醇厚，除了料理之外，也很適合用來製作甜點或冰淇淋。

在君津市的「光永牧場」可以買到深橘色蛋黃的絕品雞蛋。

春假結束後，橋本泰示就升上小學五年級了，班上雖然還有很多成天都在打電動的人，但泰示已經忙得不可開交。

放學後，他得去補習班，不只功課很多，還要完成自己擬定的學習目標。除此之外，他還想考私立國中，所以也必須考模擬考。

他並不討厭讀書，所以壓力沒有大到值得一提的程度；雖然也會疲憊，但他還是每天都乖乖到學校和補習班報到。

泰示去的補習班來了一位新學生，是個名叫中里文香的女孩子。

她說自己剛搬過來，雖然沒說是哪間國小的學生，但補習班就是這樣，這屬於私人情報，來補習班也不是為了交朋友。有些學生會中途加入，也有些學生會默默從補習班消失，所以沒必要一一細問。

這個世上有那麼多人，幾乎都跟自己無關，他原本以為文香也是其中之一。

然而卻發生了讓他不得不在意的狀況，文香在第一次補習班考試中就拿到第二名，和第一名的泰示只差三分，輸在國語和社會。不論是補習班還是學校，這都是泰示第一次感受到榜首寶座受到威脅。

「中里真厲害。」

她在補習班得到了如此盛讚，忽然出現的優等生震撼了所有人，男孩女孩都開始關注文香。

泰示當然也很驚訝，開始在意文香的一舉一動，他覺得文香長得很像自己喜歡的偶像，卻從來沒跟她說過話，畢竟他還是小學生，也不是會隨便找女孩子搭話的那種人，他們就這樣毫無交集地過了一個月。

一個月會有幾個禮拜天得去補習班報到，那幾天不但會進行考試，還要從早讀到晚。

如此一來就得帶便當去補習班，但泰示的父母很忙，從來沒幫他準備便當，自己做也很麻煩，所以泰示都跟父母拿零用錢去超商買麵包或飯糰解決。補習班裡很多人也是這樣，帶手作便當來的學生反而比較少。

可能是因為這樣吧，某個要去補習班的禮拜天中午，泰示去超商買午餐時，喜歡的麵包和飯糰都賣光了。

雖然也有便當，但他不想在教室，而是想在公園的長椅上吃午餐，所以不想買吃起來很麻煩的食物。

最後他買了餅乾和咖啡牛奶，因為沒拿購物袋，所以店員幫他在商品上貼了膠帶。感覺很像零食，但泰示很愛吃。

認真讀書時就想攝取甜食，或是能馬上吃完的那種食物。泰示加緊腳步前往平常那座公園。

那座公園在補習班後方，沒什麼人，頂多只會看到把這裡當成地盤的黑貓，以及偶爾來做發聲練習的鄰近劇團成員。泰示已經在這邊吃過好幾次午餐了，但從來沒遇過其他人，感覺很像他專屬的用餐地點。

但今天偏偏有個女孩子在。雖然沒看見黑貓和劇團的人，卻看見了中里文香。

在補習班考試中緊追在泰示後頭的文香，此刻正坐在公園長椅，腳上放著提籃和燜燒罐，應該是準備要吃飯吧。

「不會吧……」

泰示壓低聲音嘀咕道。這下糟了，這座公園只有兩張長椅，其中一張還壞了不能坐。他根本沒料到會有人在，所以沒事先想替代方案。

泰示能採取的方法不多，只想到了三種。

直接站在這裡吃、找其他地方吃、回去教室吃。

泰示還在猶豫時，文香竟朝他搭話。

「你不吃飯嗎？」

「……要吃啊。」

泰示答得有些慌張，他根本沒想到文香會找他說話。在學校或補習班雖然會和女孩子擦肩而過，但正常來說都不會打招呼，還會裝作沒看見。泰示從來不會主動攀談，也沒有被對方搭話過。

文香卻跟泰示搭話了。見泰示沉默不語，文香繼續說道：

「坐下來吃呀。」

她指著自己旁邊的位置，應該是要泰示坐同一張椅子吧，這讓泰示更加心慌了。

雖然想回答「我站著吃就好」，但這樣彷彿自己很在意文香似的，讓泰示有些不甘心。

「好啊。」

泰示假裝若無其事地坐在文香身旁，但他馬上就反悔了。長椅很小，跟文香距離好近，只要伸手就能碰到她。

再怎麼說也太近了，泰示相當緊張，甚至擔心文香會聽到自己撲通撲通的心跳聲。

女孩比男孩成熟這種說法似乎是真的，只見文香毫無反應地打開提籃準備吃飯。

泰示不經意一看，發現提籃裡裝著三明治，而且是雞蛋三明治。

但跟泰示印象中的雞蛋三明治大不相同，比如剛剛那間超商就沒有賣這種的，看起來有點奇怪。

可能是泰示盯著看太久了吧，文香連同提籃將三明治遞給他。

「給你一個，不介意的話可以吃吃看，我覺得這次做得很成功。」

泰示被這句臺詞嚇到了，聽到她要分一個給自己固然驚訝，但後面那句話讓泰示懷疑自己是不是聽錯了。

「妳自己做的？」

他忍不住反問。這個三明治做得非常漂亮，無法想像是小孩子做的。

「嗯，但只是把媽媽做的煎蛋夾起來而已啦。」

文香這麼說，表情卻帶著幾分淘氣，可見她在開玩笑。

泰示噗哧一笑並回答：

「這是詐欺吧，根本不是妳自己做的啊。」

「應該吧。」

文香一臉嚴肅地說完又輕笑起來，看到她的笑容，泰示繼續吐槽道：

「應該什麼啦。」

雖然是第一次像這樣跟女孩子說話，但因為彼此都笑個不停，泰示也覺得肩膀放鬆許多。心臟還是跳得飛快，但跟剛才的感覺已經不一樣了。

「我可以吃嗎？」

「嗯。」

「謝謝。」

泰示坦率地道謝後，便將手伸向三明治，拿取彈性十足的麵包。直接拿到嘴邊，就能聞到麵包、煎蛋和奶油的香氣。

將三明治吃光後，他對文香說出感想。

「超好吃耶。」

「真的嗎？那我再跟媽媽說，她一定會很開心。橋本同學，謝謝你。」

為什麼文香的母親會開心？她為什麼要跟我道謝呢？

當時泰示根本沒想到這些話的含意。

補習班的休息時間很短，吃完三明治之後，離下午的課就只剩十分鐘了。

文香的燜燒罐中裝著南瓜濃湯，飄散出美味的香氣，文香卻蓋上蓋子收回提籃裡。

「沒時間吃了。」

文香用找藉口的語氣這麼說，並準備回去補習班，現在不離開的話確實會遲到。

雖然是同一間補習班，但泰示沒有勇氣跟她一起走回去，文香似乎也有同感。

「那我先走了。」

聽泰示這麼說，文香也輕輕點頭。

「嗯。」

「再見……」

正想從長椅上起身時，他才發現剛剛在超商買的午餐完全沒吃。

泰示猶豫了一會，便打開餅乾袋拿給文香。

「給妳吃一個，因為妳分了三明治給我。」

他用餅乾當作回禮，他本來是想把超商買的餅乾留到最後慢慢吃完再回去補習班教室。

結果卻事與願違，一看到餅乾，文香就露出為難的表情。

「謝謝你，可是……」

文香想說些什麼，泰示卻沒心情聽了，他覺得自己被拒絕，文香還一臉困擾的樣子。他發現自己的臉頰變得熱燙。

明明不是告白，只是對方婉拒了自己送的超商餅乾而已，泰示卻覺得自己被甩了。

坐在同一張長椅上談笑風生，還吃了對方的三明治。都已經決定跟對方進一步交流，還以為他們已經是朋友了。

沒想到是自己會錯意，只是說要請對方吃餅乾而已，對方就一臉為難。居然誤以為自己跟對方變成了好朋友，真是太丟臉了。泰示沒說什麼，粗魯地將餅乾袋收進口袋後就離開公園。

「橋本同學──」

他聽見文香的聲音，卻無法停下腳步。

「橋本，你跟中里文香在交往喔？」

一回到教室坐在座位上，有個名叫田村的男孩子就上前問道，還故意來到泰示座位前質問。

田村的成績很差，來補習班也只顧著玩，雖然不算是不良少年，但態度非常不認真，上課時只會玩手機或看漫畫。

泰示覺得他蠢到極點，既然不喜歡讀書就別來補習啊，浪費錢又浪費時間。平常泰示根本懶得理他，這天卻回嘴了，可能是因為他說了文香的名字吧。

「為什麼？」

泰示用粗魯的口氣反問後，田村便一臉賊笑地回答：

「剛剛你們不是一起坐在長椅上嗎？」

——被看到了。

泰示的心臟狠狠跳了一下，他覺得自己被田村嘲笑，還回想起文香拒收他的餅乾，以及那副為難的神情。

如果當初文香有收下餅乾就好了，哪怕只有一片也好。

思及此，泰示就滿腔怒火，想狠狠埋怨文香一番，所以他用麻煩透頂的表情回答田村的質問：

「我跟中里文香沒有在交往，只是碰巧坐在同一張長椅上。」

這個回答沒有任何問題，雖然語氣有點冷漠，但他沒有說謊，可是他接下來卻搞砸了。

「是喔，那你喜歡中里文香嗎？」

聽到田村用這種調侃的語氣提問，泰示就說了不該說的話，而且還說得非常大聲：

「怎麼可能啊，我根本超討厭她，她長得那麼醜，我才不想跟她說話。」

這一瞬間，教室裡噤若寒蟬，還有幾名學生往教室門口看，原來文香站在那裡。

「啊啊～糗大了，不關我的事喔。」

田村這麼說。

泰示說的話，文香全都聽見了。

早知道就不說那些話了。

討厭、長得醜、不想跟她說話……如果沒說那些話就好了，至少也該當場跟她道歉。這個念頭在泰示心中出現過無數次，後續卻演變成想道歉也無法道歉的狀況。

那天以後，文香就沒來補習班，休息幾天後更是直接退出。雖然不認為她是因為泰示那些話才離開，但也不能說毫無關係。

儘管想問她為何離開，但泰示根本不知道她的住址、電話號碼、電子信箱和 LINE 帳號，在網路上搜尋也只能找到同名同姓的人。他跟文香甚至不是同一間國小畢業，也沒有共同朋友，完全無法取得聯繫。

感覺胸口破了個大洞，泰示卻無法與人傾訴，只能任憑歲月流逝。

時間來到暑假，他已經確定志願校，準備參加私立國中的入學考。補習班的課程和作業也一口氣增加，有幾個學生因為跟不上補習班進度而退出，泰示認識的田村也離開補習班了。

學習對泰示來說並不痛苦，反而很喜歡。他在學校和補習班的成績始終保持第一，被別人笑是書呆子，可他並不在意，那些將努力當成笑柄的人，只要不給予回應的眼神就行了，跟他們計較只會浪費時間。

要成功考上志願校。

除此之外，不，還有更高遠的目標，他要在跟其他補習班的共同模擬考中登上優秀榜單。

雖然不知道文香去了哪裡，但她一定會看到優秀榜單，文香應該會在泰示不知道的補習班參加模擬考，泰示相信成績優異的她一定會參加國中入學考試。

所以泰示報名了好幾場模擬考，甚至會搭電車到遙遠的會場參加考試，並期待能在某處再次見到文香。

可是他從來沒見過。

到處都沒有文香的蹤影。

在每一個考試會場都沒見到她，優秀榜單上也沒有她的名字，就算泰示的名字登上各大榜單，也不確定文香有沒有看見。不管他多麼努力，參加了多少場模擬考，一切都只是徒勞。

文香就這麼消失了，彷彿一開始就不存在似的，像煙霧般從泰示的面前消失無蹤。

可能再也沒機會見她一面了吧。

就算有人消失，世界依然照常運轉，時間也不會停滯。

暑期輔導結束後，時序進入秋季，在埋頭苦讀的期間，月曆不知不覺翻到了十一月。

每天看似都在重複同樣的行程，但有很多事情慢慢開始轉變了。

比如升上六年級後，就開始認真準備大考，補習班學生增加，為了考前衝刺還進行能力分班。補習班也開啟升學輔導，有時會和父母一起討論，有時只有孩子跟補習班老師單獨對談，可能是為了補習班的業績吧，成績優異的學生經常被叫去談話。

這天，泰示被補習班老師叫過去。為了考上頂尖私立國中，明年泰示就要加入衝刺前段班，老師應該是想確認這件事吧。

他早已決定志願校，模擬考成績沒什麼問題，也沒打算主動找老師商量。

「照這個樣子來看應該沒問題，但課業上還是不能鬆懈喔。」

補習班老師在上次面談中就說過一樣的臺詞了，這位四十多歲的男老師，從泰示來補習時就在了。

「好，我會努力讀書，不會鬆懈。」

泰示給出答覆，試圖結束這段對談，他不討厭這位老師，但也不想跟他促膝長談，只想早點一個人獨處。

但面談仍未結束。

「橋本，你是不是很累？身體狀況還好嗎？」

老師用進入正題的口吻這麼問，看樣子是在擔心泰示的身體狀況。

「我沒事。」

這不是謊話，他的身體很健康，也沒有感冒，只是因為食慾不振瘦了一點。

父母也憂心忡忡地帶泰示去醫院檢查，但果然一切正常。疲憊的不是身體，而是心靈，文香消失後，他的內心深處總感到痛苦難耐，獨處時還會掉眼淚。

泰示無意跟補習班老師說這些事，沒想到老師竟主動提起文香。

「也對，你在補習班無人能敵，可能會有點難受吧。」

老師點點頭，似乎也認同自己的推測，隨後又不經意地補上一句：

「如果中里還在，應該會是不錯的勁敵吧。」

泰示大吃一驚，沒想到老師此刻會說出文香的名字。老師沒看到泰示驚訝的表情，彷彿自言自語般繼續說著：

「看到孩子過世真的很難受啊……」

「咦？」

泰示聽得一頭霧水。

猶豫了一會後，他才急忙反問：

「……誰過世了？」

他以為老師開始聊起無關的話題，或是自己聽錯了。

然而並非如此，話題沒有中斷，老師確實是在說文香的事。

「怎麼，你不知道啊？」

老師一臉驚愕，似乎發現自己說了不該說的話，但泰示依舊用詢問的眼神看著他，老師才聳聳肩坦承事實。

「中里啊，她過世了。」

「咦？」

「你不記得了嗎？中里文香啊，喏，就是之前在補習班考試拿到第一名的學生，她死掉了。」

「什麼時候？」

「離開補習班後，沒多久就走了。」

「為……為什麼……」

「是因病過世的，她已經生病好久了。」

看到泰示的表情，老師才終於驚覺，並開始解釋文香的狀況。對泰示來說，那是文香陌生的另一面。

有些孩子因為身體虛弱無法上小學。

有些孩子甚至無法外出玩耍，始終離不開醫院。

文香也是其中之一，她天生心臟就虛弱，住院的時間遠比在家的時間還要長。雖然有書包和教科書，卻從來沒上過學。

人體真的很不可思議，雖然病情毫無轉機，某些時期卻健健康康的，像正常孩子一樣活動自如。

文香向父母和醫生苦苦哀求，希望至少能在這段時期去學校上課。

想跟大家一起讀書。

想交到好朋友。

文香哀求了無數次，她真的好想去上小學，說她好想去學校上課，哪怕這輩子只去一次也好。

文香沒有朋友，能說話的對象只有父母、醫生和護理師。

兒科病房雖然住了很多小孩子，但文香不想跟他們接觸。不知何時會離世的孩子太多了，她可能覺得自己承受不了悲痛吧。

父母能理解文香的心情，看著自己的孩子完全不知道醫院外的世界也覺得可憐，他們也想讓文香和同齡孩子一起玩耍。

但上學對文香的負擔太大了，她無法每天上學，也沒辦法上體育課吧。

說到底，甚至也不曉得學校願不願意收她。

於是他們和醫生商量，後來決定放棄學校，改成上補習班，補習班比學校更容易通融，也有很多同齡孩子。

父親詢問文香的意見。

「怎麼樣？」

「補習班的課程很難吧，我跟得上嗎……」

文香滿臉透著不安，父親卻完全不擔心這件事。

「沒問題的。」

父親強烈掛保證。雖然沒有上學，但文香無論是在家裡還是醫院都會認真學習，不但有題庫和參考書，還會上困難的函授課程，她抱著能去上學的夢想努力讀書，父母都看在眼裡。

學校雖然沒去成，但可以去上補習班，這還是讓文香開心極了。明明願望只實現了一半，她還是欣喜若狂。

「我可以交到朋友嗎？」

文香十分雀躍，卻又有些擔心地對父母和醫生這麼說。她說她真的很想交朋友，哪怕只有一個也好，好想跟朋友一起聊天說笑，坐在一起吃飯。

看著這樣的文香，父母都紅了眼眶，因為他們知道女兒的人生並不長。

聽完這些話，泰示心裡更難受了，面談一結束，他就衝進補習班的廁所隔間裡大哭起來。

老師那些話——讓泰示開始想像在醫院裡認真讀書的文香，以及對補習班充滿期待的文香。

可是他卻說了文香的壞話。

對生病的女孩子說了「討厭」二字。

文香明明是來補習班交朋友，泰示卻傷害了她。

對不起、對不起——泰示不斷重複無聲的道歉，但事到如今才道歉也為時已晚。文香早已死去，遠遠離開他了。

「對不起……」

不管怎麼道歉，文香都聽不見了，泰示也知道人生是無法挽回的。

回家路上。

經過補習班後側的公園——曾經和文香並肩坐在長椅上的那個公園時，泰示聽見一串彷彿咒語的奇妙臺詞。

若你從前不知道，聽了肯定囫圇吞棗，昏頭又昏腦。不如試試這帖好藥，見識療效有多好——

有個二十歲左右的年輕女子正在練習名為「外郎賣」的繞口令做為發聲練習。公園附近有個劇團的排練場，她偶爾會像這樣過來練習，所以泰示也記住了「外郎賣」這個詞。

女人身邊有一隻黑貓，也是這個公園的常客。牠的毛色亮麗、身形修長，可能是公貓吧，總是一臉神氣的模樣。

那隻黑貓端坐在吟唱「外郎賣」的女人身邊盯著她看，看起來一臉高傲，彷彿在監督女人練習。

「喵～」

黑貓看到泰示後叫了一聲，於是女人也停下發聲練習往這邊看。

「哎呀，泰示弟弟。」

泰示認識這個人，她叫二木琴子，是住在附近的大姊姊。泰示懂事以來就跟她很親，有段時期她還當過泰示的家教。

琴子的哥哥大概在三個月前因車禍過世，當時琴子相當消沉，看樣子現在已經打起精神了。聽說她要正式踏上戲劇之路，還加入了劇團。

泰示以為自己打擾到她練習，琴子臉上卻沒有一絲不悅，並開口問道：

「上完補習班要回家啦？」

「嗯。」

「好辛苦喔。」

「不會啦。」

回答的時候，泰示忽然覺得琴子的表情跟文香好像，光是這樣就讓他眼淚盈眶，忍不住哭了起來。

眼淚掉得比剛剛在補習班廁所哭的時候還要誇張，他知道在這種地方哭很丟臉，卻完全止不住淚水，也難以壓抑湧上喉間的嗚咽聲。

琴子瞪大雙眼，畢竟泰示忽然嚎啕大哭，她當然會被嚇到，她憂心忡忡地問：

「怎麼了？」

「死……死掉了……」

泰示邊哭邊回答，說完這句話就立刻痛哭起來，流著眼淚說起文香的事。

跟琴子和黑貓道別後，泰示便離開公園，跑回家後就衝進房間裡。

父母都在工作還沒回家，家裡只剩泰示一個人。冰箱裡應該放著點心，但泰示看也不看，在房間裡用手機查起資料。

小貓料亭。

他想查查琴子告訴他的這家食堂，位於千葉縣的內房地區。

「你聽過回憶美食嗎？」

剛剛在公園聽完泰示說的話後，琴子拋出這個問題。

這是泰示有生以來第一次聽說這個詞，感覺會出現在漫畫或小說裡，但泰示完全不知道，也從來沒聽過。回答後，琴子便開始說明。

「吃了小貓料亭的回憶美食後，就能聽見重要之人的聲音。」

「……重要之人？」

「嗯，我的話就是哥哥。」

「咦？可、可是——」

她哥哥應該在車禍中喪生了。

「沒錯，他死了。但我有跟哥哥說上話，在小貓料亭見到他了。」

「這是怎麼——」

泰示頓時說不出話，因為他不知怎麼回答。泰示愣了幾秒後，琴子繼續說道：

「你可能很難相信吧，但此事千真萬確。」

這的確難以置信。

但泰示卻相信了。

他想相信能跟亡者對話的食堂真的存在——能跟文香說上幾句話。

「喵嗚～」

黑貓對泰示跟琴子叫了一聲，就搖著尾巴走出公園。

我要回家了。

彷彿能聽見牠這麼說。那隻黑貓不是流浪貓，是有主人的，牠可能是要回那個家吧。

目送黑貓離開後，琴子像是忽然想起某個遺忘的重點般問道：

「泰示弟弟，你怕貓嗎？」

「咦？」

「不會對貓過敏吧？」

「不……不會。」

「不討厭貓吧？」

「嗯……」

泰示莫名其妙地點點頭，雖然沒養過貓，但確實不討厭。聽了泰示的回答，琴子才露出安心的笑容。

「那就沒問題了。」

「什麼意思？」

「小貓料亭有養貓啊。」

就是所謂的店貓吧，養在店裡的貓，通常都會被電視或網路採訪。

「你要去小貓料亭的話，最好找爸爸或媽媽一起去，如果不好開口，我也可以陪你去。」

大致解釋完畢後，琴子這麼說，但泰示沒打算請她陪同，當然也不會跟父母一起去。既然要去，他就決定要獨自前往，甚至不會跟父母報備。

問到小貓料亭的電話後，他在預約前先在網路上查點資料，想獲得一些事前情報。

可是那間店沒有官網，也沒有被登錄在美食評比網站上，反而只找到個人部落格，是一位因病住院的女性寫的日記，部落格標題是彷彿用粉筆寫成的藝術文字。

小貓料亭的回憶美食

雖然設置了計數器，但似乎沒什麼訪客，瀏覽人數非常少。

泰示不禁被這個部落格吸引，可能是因為聽說文香也住院過吧，總覺得裡面會寫到某些重點。

部落格版主的年紀似乎比泰示的母親還要大，之所以會這麼想，是因為第一頁寫了這麼一段話。

先生已經失蹤二十餘年了。

那天他出海釣魚，便從此失去音訊。

她的丈夫似乎遇上海難，至今未歸。

生存機率微乎其微，勸妳還是放棄吧。

警察跟當地的漁夫都對我這麼說，但我依然不肯放棄。

「我會比妳還要長壽，絕對不會比妳先死。」

結婚那天，先生向我做出如此承諾。

我對這句話深信不疑。他不可能會拋下我跟孩子先走一步。

這個女人沒有被痛苦擊垮，決定開食堂維生。之所以會取「小貓料亭」這個店名，是因為當時養了一隻小貓。

聽起來很可愛，卻不是常見的那種店名，泰示也是聽一次就記住了，覺得這個店名令人印象深刻。

但小貓料亭能撐到現在，不是因為這個可愛的店名，而是主打的菜色。

多虧了回憶美食——也就是陰膳，我才能賴以維生。

這部分他也用手機查過了，但陰膳有兩種含義，一種是為了外出遠行的人準備的餐點，一種是為了悼念亡者的餐食。在葬禮或法會上會準備供奉給亡者的餐點，那種也叫做「陰膳」。

前者是原本的含義，但近年來大多是指供奉給亡者的餐點。參加親戚的葬禮時，泰示也看過為亡者準備的餐點。

有別於提供給客人的餐點，女人當時為丈夫準備陰膳祈求平安。後來有些客人為了悼念死去的至親好友，也請女人準備陰膳，還是有很多人想在葬禮或法會以外的場合悼念亡者。

女人會用「回憶美食」的名義接下這些訂單，詢問那些故人的往事後，製作出讓人緬懷重要之人的料理。

奇蹟發生了。

出現了令人難以置信的狀況。

用心做出回憶美食時，客人都會回想起和重要之人的回憶，偶爾還會聽見故人的聲音，甚至有人見到了亡者的身影。

但這些都只是傳聞。

我什麼都聽不到，也沒看見任何東西。

奇蹟似乎只會發生在吃下回憶美食的人身上，可能是因為沒有實際體驗過吧，部落格版主有點半信半疑，也覺得是被客人逗著玩。

但泰示相信這個奇蹟，相信吃下回憶美食就能見到重要之人，他覺得人類會引發奇蹟，也想相信自己能見到文香。

但有件事也讓他耿耿於懷，部落格已經好一段時間沒有更新了，最後一篇文章的日期是一個多月前。雖然不知道版主是因為什麼病症住院，但狀況應該不太樂觀，或是懶得更新部落格了。

看完部落格文章也毫無頭緒，想也想不出個所以然。但既然決定相信奇蹟，就別再想多餘的事情了。

泰示打電話給小貓料亭，響不到三聲就有個年輕男子接起電話。

「小貓料亭感謝您的來電。」

嗓音十分柔和，應該不是什麼可怕的人，泰示鬆了口氣，並說明他的來意。

「我想預約回憶美食──」

他從來沒向餐廳訂過位，所以有點緊張。原本以為店家會因為自己是小孩子而拒絕，但只是杞人憂天而已，對方回了句「感謝您來電預約」。這樣就能見到文香了──才這麼想，年輕男子又開口問道：

「是橋本泰示先生吧。」

他被這句話嚇了一跳。

「你怎麼知道我的名字？」

明明還沒報上姓名，對方就說出泰示的名字了。

但這並不是什麼稀奇的事，男子直接表明了原因。

「二木小姐已經向本店告知了。」

原來是琴子說的，可能事先用電話或郵件通知了吧。泰示沒覺得琴子多管閒事，拜她所賜，話題才能進展得如此順利。

「對，我是橋本泰示。」

他再次說出姓名完成預約，這間店只在早上營業，但也不成問題，總比拖到晚上好多了。

「那就麻煩您了。」

泰示說完這句話準備掛電話時，就聽見男人用慌張的口氣問：

「小貓料亭有養貓，您會過敏嗎？」

他已經聽琴子說過貓的事了，所以不慌不忙地回答：

「不會。」

於是他決定下週日前往小貓料亭。

時間來到星期天。

本來在考慮要不要跟琴子聯絡，最後還是決定默默前往，他覺得應該一個人去。

「今天有模擬考。」

泰示對父母撒謊了。其實真的有模擬考，但他沒打算參加。

父母都不疑有他，完全相信泰示。

「這樣啊，加油啊。」

不但為他加油打氣，還給了電車費和午餐錢，但光有這些錢還不夠，千葉縣比模擬考會場遠得多，也需要更多餐費，於是他將平常存起來的零用錢放進錢包後才走出家門。

泰示的目的地是千葉縣的沿海小鎮，從東京站出發要一個半小時左右才能抵達。他用手機確實查好路線，這比都內的地下鐵路線簡單多了。

東京站雖然人潮洶湧，泰示依然毫不猶豫地搭上電車。車廂比想像中還要空曠，還能坐到長座椅最角落的位置。

本想用手機看部落格後續的文章，但也不能讓手機沒電，所以他打消這個念頭，畢竟要去陌生的地方，一旦手機失靈就糟了。他坐在椅子上開始打瞌睡，不知是不是因為能見到文香讓他太緊張，他昨晚幾乎沒睡。

在他打盹的期間，電車也抵達了目的地。車廂不知不覺變得空蕩蕩的，其他人似乎都下車了。

泰示走出電車、站在月臺上，卻沒聞到海潮的氣息。明明是臨海小鎮，卻看不到海。

原本有些擔心是不是搞錯車站了，但確認站名後發現沒錯。

「是這裡沒錯吧……」

他自言自語，並走出票閘口前往公車站。公車站牌就在車站前面，一眼就能看見。

公車準時抵達，是無法使用電子感應系統的老舊車型，幸好有帶零錢過來。上車後，車內空蕩蕩的，只有兩位老人家，這兩位爺爺奶奶好像是夫妻。播放告知目的地的廣播後，公車便開始行駛。開了五分鐘左右，來到一間大醫院，老年夫妻在這裡下了車，乘客就剩下泰示一個人了。

泰示也沒有搭乘太久，從醫院又過了三站後便下車。他第一次用零錢付公車費，所以有些緊張。

這趟路雖然遙遠，但離小貓料亭還有一段路，要從公車站再走十五分鐘——手機地圖是這麼標示的。

如果是在都內可能會有迷路的風險，但此刻他一點也不驚慌，因為有明確的目標可循。

面前有條河川，是流向東京灣的小糸川，只要沿著這條河一直走就能走到海邊，小貓料亭就在那裡，能製作回憶美食的食堂就在那裡。

「快到了。」

泰示出聲說道。四下無人，自言自語也不會被人嘲笑。

「馬上就能見面了。」

可以再見文香一面。雖然難受到彷彿胸口被揪緊的程度，但為了忽視這份感受，他繼續沿著河川往前走。

這裡離海真的很近，走不到五分鐘就能看見海，這一瞬間，泰示聽見疑似動物的鳴叫聲。

「喵嗚～喵嗚～」

原本以為是貓，但聲音是從上方傳來，泰示循聲望去，發現是邊叫邊飛的鳥。

「黑尾鷗……？」

他輕聲嘀咕，但也不太確定，只知道黑尾鷗的名字和叫聲而已，於是他停下腳步查起手機字典。

黑尾鷗【海貓】

棲息於日本近海島嶼上的鷗科海鳥，身體白色，背部及羽翼為深灰青色，叫聲與貓相似。

光看說明還是一頭霧水，泰示又查看了其他網站，上面寫著黑尾鷗與部分海鳥或海鷗外型相似，但叫聲截然不同。

會啾啾叫的是海鷗，而且鳥喙顏色也不一樣，海鷗的鳥喙基本上都是黃色，但黑尾鷗的鳥喙是黃、黑、紅三色組成。網站上有黑尾鷗及海鷗的照片，如此比對就能清楚看出兩者差異。

「哦～這裡是黑尾鷗的小鎮啊。」

如此嘀咕後，泰示將手機收進口袋，再次沿著小糸川旁的步道往前走。

不過，這個小鎮真是幽靜。河川沿岸設有堤防步道，旁邊還有幾間充滿風情的古老民家，但感覺無人居住；路上也沒有車輛通行，只能聽見和貓十分相似的黑尾鷗叫聲。

走著走著，河川便來到終點，流入海中。這裡能明顯感受到海潮氣息和浪濤聲響，黑尾鷗的叫聲也越來越多。

「哇……」

泰示出聲感嘆，眼前是一大片無人沙灘。

「好像被我包場了一樣。」

一望無際的沙灘，對在東京土生土長的泰示來說相當稀奇。他走在完全看不見人類足跡的沙灘上，幾分鐘後便來到一條白色小路。因為路上鋪著貝殼，所以才是白色。

「可以踩在上面嗎……？」

他再次自言自語，過度白皙的貝殼讓他有些困惑，但他是照著地圖走的，這條路應該沒錯。

泰示小心翼翼地沿著貝殼路旁邊走，隨後就看到看似食堂的建築物。

終於到了。

那應該就是小貓料亭。

泰示急忙跑去。

雖然沒有招牌，但入口處放了一面小黑板，上面用粉筆寫著這些字。

小貓料亭

提供回憶美食

此外還附帶寫了一句「本店有貓」，旁邊加了一個可愛的小貓插圖。

「可以進去嗎……」

至今他都沒來過這種充滿大人氣息的店，氣氛跟家庭餐廳和超市美食街很不一樣，感覺小孩子不能單獨入店。雖然是自己決定要一個人來小貓料亭，但小學生確實很難踏入店內。

「那個……」

泰示還沒做好走進店內的準備，只能隨口呢喃試圖拖時間。

當他還在店門口忸怩不前時，黑板後頭傳來一道聲音。

「喵～」

這次不是黑尾鷗的叫聲，他探頭一看，發現是一隻小小的茶色賓士貓。小貓像是躲在黑板後面般端坐著，窺看泰示的反應。

是這間店養的貓嗎？

小貓的長相十分淘氣，一看就知道是公貓。泰示正想跟牠搭話，就聽見喀啷喀啷的門鈴聲，門打開後，有位年輕男子走了出來。

雖然戴著女用眼鏡，但男人的長相十分帥氣，就像電視上那些偶像，是個五官柔和的大帥哥。

這位帥哥看了泰示和小貓一眼後開口說道：

「您是橋本泰示先生吧？」

男人的聲音禮貌又溫柔，泰示覺得很耳熟，原來是打電話預約時聽見的男人嗓音。

「我、我就是。」

泰示回答後，男人便低頭鞠躬。

「感謝您今天的預約，初次見面，我是小貓料亭的福地權。」

幸好男人沒有無情地趕走他，泰示鬆了口氣。但跟大人說話還是讓他相當緊張，畢竟是初次見面，而且從來沒有人用這麼彬彬有禮的口氣跟他說過話。

「呃……那個──」

泰示忽然詞窮，但權沒有嘲笑他的反應，繼續說道：

「餐點已經為您準備好了，請進。」

權為泰示敞開大門，門鈴再次發出喀啷喀啷的聲音。他的態度十分親切，就像漫畫裡會出現的那種管家。

泰示正想開口道謝，有個東西卻搶先一步跑過他的腳邊。

「喵～」

小貓回答道，牠用撒嬌的嗓音叫了一聲，直盯著權看。

這個動作非常可愛，讓人不禁會心一笑，權的臉上卻沒有一絲笑意。

「我說過不能跑出來吧，聽懂了嗎？」

權用訓斥的口氣這麼說，連對小貓說話都這麼有禮貌。雖然把這間店的資訊告訴泰示的琴子說話也很有禮貌，但這位櫂先生居然比她還誇張。

「喵～」

小貓點點頭，隨後翹起尾巴，帶著唯我獨尊的表情走進店內，被罵之後完全沒有要反省的意思。

櫂嘆了一口氣，又對泰示低頭致歉。

「這是我們的店貓小不點，抱歉驚擾您了。」

「不……不會。」

泰示回答後，櫂彷彿要重整情緒般再次說道：

「歡迎光臨小貓料亭，來，請進。」

「打擾了。」

努力搬出禮貌的說法後，泰示就跟在小不點身後走進店內。

首先映入眼簾的是一扇大窗，就像陽臺落地窗一樣大到能讓人自由進出。前方就是大海，黑尾鷗正在上空盤旋。不知是因為還不到海水浴的季節，還是還沒中午的關係，海邊依舊空無一人。持續不斷的浪濤聲聽起來十分悅耳。

店裡也十分安靜，除了泰示之外沒有其他客人，放在角落的古老大鐘滴答滴答地走動著。

古老大鐘旁放著一張搖椅，只見小不點攀上搖椅縮成一團，看來很喜歡那個地方吧，已經舒舒服服地睡著了。

店員似乎只有權一個人，沒看見部落格那位女性。因為沒有其他客人，權將泰示帶到座位上就走進廚房了。

「待會為您送上餐點，請稍候。」

權雖然這麼說，但店裡沒有電視，所以泰示沒事可做，可是他也不想滑手機，只好看著熟睡的小不點和窗外的風景。

看了十分鐘左右，權就從廚房回來了。

「讓您久等了。」

他端著裝有三明治和湯品的托盤走了過來。

「這些是您點的餐點，沒錯吧？」

權將兩人份的餐點放在桌上並這麼問。

泰示再次看向餐點，三明治裡夾的不是火腿和起司，雖然是俗稱的雞蛋三明治，但裡頭夾的並不是搗碎的水煮蛋。權說出了這道料理的名稱。

「厚煎蛋三明治和南瓜濃湯。」

這些就是文香在公園裡吃的食物，三明治裡夾著厚煎蛋，南瓜濃湯還散發出香甜的味道。

彷彿被這股香味吸引般，小不點睜開眼睛用鼻子嗅了嗅。

「喵～」

牠發出央求般的叫聲。貓咪還小的時候會很喜歡甜食，可能也會想吃煎蛋捲或南瓜湯吧。

「沒錯，就是這個。」

「請慢用。」

「好……好的。」

泰示將手伸向自己的三明治。

「喵～」

腳邊傳來貓叫聲，泰示低頭看去，發現小不點不知何時走了過來。牠果然很想吃雞蛋三明治，但應該不能給牠吃人類的食物吧。

「對不起喔。」

跟小貓道歉後，泰示便拿起雞蛋三明治。

夾在吐司裡的厚煎蛋大約有五公分，沉甸甸的，而且還有熱度，看來是權配合泰示前來的時間做好的吧。

雖然在文香分給自己吃之前從沒見過，但上網查了以後，他才知道厚煎蛋三明治非常有名。

根據網路情報，這種三明治是一家甜點老店「天之屋」研發出來的，有被電視節目和雜誌採訪過，也遍及一般家庭。

泰示腦海中浮現出當時的景象，文香坐在公園長椅上，膝上放著提籃。回憶美食。

吃下這個三明治就能見到文香了，這讓泰示心跳加速，此刻雖然想立刻見到文香，卻又想逃離現場。

「喵～」

小不點催促地喊了一聲，彷彿在對他說「不快點吃就要冷掉了」。

「嗯，知道了。」

回答小貓後，泰示帶著仍未平復的心情咬下厚煎蛋三明治，一咬下去，吐司的香甜氣息就在口腔中瀰漫開來。

之所以如此酥香，是因為吐司有稍微烤過吧，上面還塗了奶油，光是味道就十分美味。

繼續往下咬就能吃到配料，有加入日式高湯慢煎的厚煎蛋，還夾了滿滿的黃芥末和美乃滋。

奶油的香氣、吐司的酥香、煎蛋的柔和甜味，美乃滋和黃芥末又為吐司和煎蛋的美味畫龍點睛，比吐司還要厚實的煎蛋柔軟至極，彷彿入口即化。

真好吃，他甚至覺得這是失去文香之後吃過最美味的食物。

但泰示只嘗一口就不吃了，他失望地將三明治放回盤中對權說：

「不是這個味道。」

那天文香分給他吃的是另一種食物，外觀雖然如出一轍，煎蛋的味道也很相似，但就是有哪裡不太一樣，只要吃一口就知道了。

彷彿在證明這個事實般，泰示吃了雞蛋三明治卻聽不見文香的聲音，文香也沒有出現在泰示眼前。因為這不是回憶美食。

「喵……」

小不點一臉尷尬地叫了一聲，權的表情卻沒有絲毫變化，顯得若無其事。

原以為是因為大人不肯承認自己的失敗，想要說服小孩子，才想試圖辯解，權卻沒有反駁。

「果然不是。」

權喃喃自語地說，聽起來就像默默接受了這個事實。

「果然」是什麼意思？泰示正想反問，權卻早他一步開口。

「抱歉讓您再三等候，但請您再稍等一會。」

權鞠躬致歉後，沒等泰示回答就走回廚房。小不點看著他的背影，耳朵輕輕動了幾下，看起來似乎相當疑惑。

泰示也百思不解，還以為是因為餐點被小孩子嫌棄而大發雷霆，權的態度卻依舊彬彬有禮。不只是小孩子，這位帥哥連對貓說話都帶著幾分恭敬。

「你的主人是不是很奇怪啊？」

泰示向小貓這麼問，小不點也點頭叫了一聲。

「喵～」

泰示從剛剛就在想，這隻小貓好像聽得懂人話，人與貓的對話居然能成立，看來這隻小貓也很奇怪。

過了十分鐘左右，權又回來了。他將端來的餐點放上桌，若無其事地說：

「請慢用。」

「什麼慢用——」

泰示的嗓音變得有些尖銳，情緒也有些惱怒，他瞪著重新擺在眼前的雞蛋三明治和南瓜濃湯向權抗議道：

「這不是跟剛才一樣嗎？」

不是這個味道。

明明已經表達得很清楚了，權又端了一樣的東西過來。

「不一樣。」

「咦？」

「您嘗一口就知道了，我猜這個三明治才是真正的回憶美食。」

權說得斬釘截鐵，明明端出一樣的餐點，這段話簡直莫名其妙。

本以為權看自己是小孩子就想欺騙，但他的表情很認真。雖然剛認識沒多久，但他看起來不像會欺騙小孩的大人。

「喵～」

小不點叫了一聲，似乎贊同泰示的想法，彷彿在跟他說「相信權吧」。

——我跟死去的哥哥說上話了。

當時琴子是這麼說的。雖然泰示從懂事以來就認識琴子，但她不是那種會撒謊的人，泰示是憑著她這句話才能走到這裡，還是相信到最後一刻吧。

他再次看向剛端上來的這盤新的三明治，不管怎麼看都看不出跟剛才的有什麼差別，簡直一模一樣。儘管如此，他還是決定嘗嘗看。

「……我要開動了。」

輕聲呢喃後，泰示拿起雞蛋三明治。

「——咦？」

他發出驚嘆，這跟剛才的三明治不一樣，重了一些，觸感也不同，還帶有彷彿能回彈指尖的彈性。

「這、這是……？」

泰示用尋求解釋的眼神看向櫂的臉，櫂卻沒有為他解答，只說了一句：

「請趁熱享用。」

可能吃一口就會發現吧，這樣確實比聽他解釋快得多。

「好……好的。」

泰示點點頭，便將三明治送入口中，咬下去的那一瞬間，他就徹底明白了。

這就是當時那個雞蛋三明治。

就是文香分給他吃的三明治。

身體還有記憶，耳朵深處也迴響起當時聽到文香說的那些話：

你不吃飯嗎？

給你一個，不介意的話可以吃吃看。

我覺得這次做得很成功。

感覺有股熱流從眼眶深處湧了上來，淚水差點滿溢而出，但他不想在剛認識的櫂面前掉眼淚。

泰示將三明治放回盤中，用袖子擦抹眼眶，動作有些粗魯，擦了幾次後才終於把眼淚吞回去。隨後他抬起頭，視線卻變得模糊不清。

……嗯？

起初他以為是自己擦得太用力，眼睛才變得不太對勁，他眨了幾次眼睛，但視線依舊模糊。

看向周圍，泰示才發現整個世界都變了，景色完全不同，整間店被朝霧籠罩，自己彷彿置身雲霧中。

異狀還不只如此，本該站在桌邊的櫂消失無蹤，浪濤聲、黑尾鷗的叫聲，還有古老大鐘的滴答聲都聽不見了。泰示看了古老大鐘一眼，發現指針早已停擺。難道是壞了嗎？

比起不可思議的感覺，獨自被留在這個世界的心情更加強烈。

接下來該怎麼辦？

泰示感到走投無路時，腳邊卻傳來貓叫聲。

『喵～』

是小不點，牠在腳邊盯著泰示的臉。他不是孤單一人，小不點還在他身邊。

雖然鬆了口氣，但小不點的聲音不太對勁，有些含糊不清。

『你的聲音好奇怪喔……咦？』

泰示跟小不點這麼說，可沒想到連泰示的聲音也變得含糊不清，不是喉嚨或耳朵出了問題，而是真的發生了異常狀況。

『……怎麼回事？』

泰示輕聲呢喃，並將手放進口袋，想拿手機出來查一查，覺得看看新聞或社群軟體應該能釐清現狀。

可是手機沒有任何畫面，按下電源鍵也無法開機，完全不能用。

『不會吧……』

有種被世界割離的感覺，泰示變得比剛才更加膽怯，用求助的心情看向小不點。

小貓卻神情泰然。

『喵～』

牠對泰示叫了一聲，便踏著輕快步伐朝出入口大門的方向走去。

牠想出去外面嗎？

泰示看向窗外，發現外面比店內還要白，與其說是霧靄，看起來更像用乾冰製造的煙霧，總覺得還是別出去比較好。

『危險啊。』

泰示正想追趕小不點時，卻傳來喀啷喀啷的聲音，隨後店門開啟，有個瘦小的人影走了進來，是個女孩子。

『喵～』

小不點叫了一聲以示歡迎，似乎是為了迎接此人才走到門口。

『謝謝。』

女孩向小貓答謝，雖然跟泰示和小不點一樣含糊不清，卻是熟悉的嗓音，長相也很熟悉。女孩走進店裡的那一瞬間，泰示就認出她是誰了。

我一直想見妳一面。

終於見到妳了。

這些話雖然浮上腦海，泰示卻嚇得發不出聲音。他雖然相信奇蹟，但奇蹟真的發生時，他卻一句話都說不出來，只能坐在椅子上動彈不得。

愣了一會後，女孩向泰示開口說道：

『橋本同學，好久不見。』

那個女孩就是中里文香。早已病逝的文香，在小貓料亭現身了。

看上去有些模糊，但出現在眼前的確實是文香本人，她的聲音和長相都跟生前一模一樣。

文香對泰示說：

『謝謝你來見我。』

泰示沒有回答。明明是想跟文香說話才會來到這裡，他卻沒做好心理準備。

『喵～』

小不點看著泰示的臉叫了一聲，彷彿在為他加油，隨後又腳步輕巧地走回古老大鐘旁的搖椅，牠果然很喜歡那個地方。

『我可以坐下嗎？』

文香這麼問，她不知何時來到泰示對面的座位旁，那裡也放著回憶美食。

『嗯……嗯，畢竟那是中里的位置。』

雖然成功回答了，卻說得吞吞吐吐，喉嚨變得乾啞，沒辦法正常發聲。

『這樣啊，原來是我的位置。這是橋本同學幫我點的吧？』

『嗯，是啊……』

『謝謝你。』

文香拉開椅子坐下，看著雞蛋三明治和南瓜濃湯繼續說道：

『趁熱吃吧。』

『嗯。』

泰示拿起雞蛋三明治放入口中，雖然比剛才冷了一些，但熱度還在，口感依舊溫熱，美味也絲毫未減。可能是因為確實塗滿奶油吧，吐司也依然香酥。

他忽然感受到視線，往前一瞥，發現文香一直看著他。明明說了要一起吃，文香卻沒碰三明治也沒碰湯匙，只是坐在椅子上看著泰示，於是泰示百思不解地問：

『妳不吃嗎？』

『我正在吃呀。』

『咦？』

『這股熱氣就是我的食物。』

『熱氣是食物？』

『正確來說是氣味吧，死掉之後就不能吃人世間的食物了。』

文香告訴他，這就是在佛壇或墳墓前焚香的原因，線香的煙霧就是亡者的食物。

『是喔……』

泰示不知道這些事。文香繼續說道：

『食物冷掉之後就感受不到氣味了，所以文香能留在這裡的時間，只到餐點冷掉為止。』

『咦？……所、所以妳會消失嗎？』

『該說是消失嗎？就是回到靈界了。』

『我們還能見面嗎？』

換句話說，文香能和泰示相處的時間有限。

『好像不行耶，今天應該是最後一次見橋本同學了。』

『最後……』

泰示大受震撼，並再次看向桌上的回憶美食，發現三明治已經不像剛開始還冒著熱氣時那麼溫熱了。

他摸摸湯碗，南瓜濃湯雖然還很溫熱，但感覺馬上就會冷掉。雖然連日都是和暖的天氣，但馬上就要十一月了。

時光流逝的速度太快了，只要稍有蹉跎，一切就會畫下句點。眼下這一瞬間也會變成過去，而且無法重來，這是僅有一次的人生中僅只一次的時間。

他不想一聲不吭地道別。

他不想再後悔。

不想再帶著懊悔活下去了。

所以泰示說道：

『妳分三明治給我吃的那一天，後來我在補習班說了奇怪的話，真的很抱歉。』

終於說出口了，終於跟文香道歉了，但這並不是結束。

他還有話想說，還有心意要表達，他是為了說這些話，想把心情告訴文香，才會來到這裡。

泰示鼓足所有勇氣，進行有生以來的初次告白，他對文香說：

『那是騙人的，討厭妳那句話是騙人的。』

泰示實在太緊張，感覺說話時都快破音了。瘋狂跳動的心臟讓他難以喘息，他覺得好害羞，根本不敢看文香的臉。

儘管如此，泰示還是繼續將藏在心裡好久的話說出口。

『因為我喜歡妳，我一直很喜歡中里——現在也很喜歡妳。』

因為比任何人都喜歡。

因為最喜歡文香。

所以才能將自己的心意——喜歡文香的這份心意告訴她。

可是接下來還得等待文香的回覆。

泰示戰戰兢兢地看向文香的臉。

卻發現她淚流滿面。

對不起喔，我忽然哭了。嗯，我沒事，不必太擔心我，也不要跟我道歉。

這次換你聽文香說幾句話了。

那個啊。

當時在補習班聽到橋本同學說出「討厭」兩個字的時候，文香受到很大的打擊，感到傷心欲絕。

雖然我在補習班表現得很正常，但是一回家就哭了。

我「嗚～嗚～」地哭個不停，還讓媽媽擔心了，她好像以為我身體不舒服。因為我一直給媽媽添麻煩，盡可能不想讓她擔心，所以就老實說了。我說：聽到橋本同學說「討厭我」，讓我很傷心。

至此，文香稍作停頓。

雖然眼裡還泛著淚光，但已經停止哭泣了。她看著泰示的臉繼續說著，這就是她的告白。

結果我被媽媽笑了。

她告訴我「是文香誤會了」。

說「討厭」就是「喜歡」的意思。

還說「橋本同學可能喜歡文香喔」。

我當時真的好開心。

文香也知道自己沒辦法活太久，雖然醫生沒告訴我，但我很清楚。

我以為自己不會長大成人，沒辦法喜歡別人，也沒辦法被別人喜歡。

以為只能在這個世界停留幾年，馬上就會死掉。

覺得人生這一遭走得太吃虧了。

老實說，我甚至動過輕生的念頭。

我本來想在病情加重，變得更加痛苦之前——給爸爸媽媽添更多麻煩之前死掉。

但我想在死之前體驗上學的滋味，哪怕只有一次也好。

我想當個普通的小學生，跟大家一起學習、一起吃飯。

雖然也想交朋友，但我覺得希望不大，所以放棄了。畢竟我有病在身，根本辦不到。

我是病人嘛。雖然提出很任性的要求，但我馬上就放棄了，這也沒辦法。

最後雖然沒辦法上學，但去了補習班，然後我在那裡遇見了橋本同學。

你聽我說。

這是最後一次了，所以我要告訴你。文香很喜歡橋本同學，一開始就喜歡上你了。畢竟你很會讀書，溫柔體貼，又長得很帥嘛。你是文香的初戀喔。

所以，聽到媽媽說「橋本同學是不是喜歡文香」的時候，我真的好開心。原來喜歡某人和被某人喜歡，是這麼幸福的事。

還有一件事要告訴你，其實文香本來要在情人節送你巧克力喔。

想對橋本同學說「我喜歡你」。

打算跟你告白。

可是沒能說出口。

說出口之前，我就因為胸口絞痛昏倒，被救護車送進醫院。

然後就死掉了。

還沒告訴你就死掉了。

很傻吧，說不定是難得的兩情相悅呢。

泰示的淚水跌出眼眶。

鼻腔深處一陣酸楚，忍不住發出嗚咽聲，本想努力忍住，但完全行不通，他抽抽搭搭地哭了起來，根本止不住眼淚和嗚咽聲。和文香在一起的時間，讓他無比眷戀又傷感。

可是比起還活著的自己，死去的文香一定更難過，她肯定比自己痛苦上百倍。於是泰示用手背抹去淚水，將湧上喉間的嗚咽聲嚥回去，逼自己停止哭泣。

不可以哭。

不可以哭。

不可以哭。

泰示對自己說了一次又一次，好不容易才忍住嗚咽聲，將眼淚吞下肚。他想對文香說些溫柔的話語，想告訴她確實是兩情相悅。

可是，文香卻讓他的所有努力化為泡影。

『欸，這算約會吧？文香現在在跟橋本同學約會吧？』

泰示再也忍不住，眼淚徹底潰堤，他用雙手捂著臉痛哭起來，卻還是對文香的提問點頭如搗蒜。這是他跟文香第一次，也是最後一次約會。

雖然難過到胸口快被撕裂的程度，但也不能一直哭下去。談話的時間有限，只要南瓜濃湯徹底冷掉，文香就會從這個世界消失，只剩下短短幾分鐘而已了。

文香似乎也有同樣的念頭，等嚎啕大哭的泰示稍稍平復心情後，她像是要轉換心情般問道：

『欸，橋本同學，你有將來的夢想嗎？』

『嗯……嗯，我想當醫生。』

泰示回答道。參加國中入學測驗也是為了考上大學的醫學院，他想考上國立大學的醫學院。

這是他第一次公開自己的夢想，連父母和補習班老師都沒說過。真的想實現夢想的話，就不應該告訴別人。

抱持的夢想越遠大，就會有人唱衰自己、否定自己的夢想，還會被當成笑柄，跟這種人周旋只會浪費時間。

但泰示還是告訴文香了，他覺得說了也無所謂，也很想告訴文香。

『橋本同學一定能成功。』

文香沒有嘲笑泰示的夢想，她一臉認真地點點頭後，又向泰示問道：

『當上醫生之後，就可以治療因病所苦的人了。』

『嗯。』

這才是他真正的夢想，沒考上好大學也無所謂，只要當上能治百病的醫生就行了。

泰示點頭回應文香的提問，忽然有個念頭閃過腦海。假如自己提早十年，不，提早二十年出生的話，就能將文香的病治好了。只不過提早出生就沒辦法和文香相戀——但也沒關係。

如果世上有神，要泰示從中擇一的話，他會毫不猶豫地選擇提早二十年出生，並把文香的病治好。他想拯救文香，讓文香健康地活下來。

才剛止住的眼淚再次盈滿眼眶，這時，原本在搖椅上熟睡的小不點忽然叫了一聲。

『喵～』

彷彿在對他說「現在不是哭的時候」。泰示看向桌面，發現南瓜濃湯已經完全冷掉了，宛如魔法的這段時光也邁入尾聲。

看著漸漸消失的熱氣，文香開始交代最後幾句話。

『文香將來的夢想——當然是死掉之前的夢想啦，你想聽嗎？』

『嗯……嗯。』

泰示點點頭，但那個夢想實在太殘酷了。

『文香……文香想當新娘子，想成為媽媽那種溫柔的母親。』

為孩子準備雞蛋三明治的文香——泰示不禁想像文香長大成人的模樣，她臉上肯定帶著幸福的笑容。

『但已經沒機會了，再也無法實現了。』

文香的時間停止了，無法結婚也無法長大，永遠停留在小學五年級。腦海中那個長大成人的文香漸漸消失，這是絕對不可能實現的夢想。

『所以啊。』

文香繼續說道。

『從現在起，文香的夢想就是希望橋本同學成為醫生，可以嗎？』

當然可以啊——泰示正想這麼說，卻已經來不及了，文香的身影不知不覺消失無蹤。

泰示連忙伸手觸碰南瓜濃湯，發現已經完全冷掉，也不再散發熱氣，這時泰示才明白，跟文香在一起的時光已經結束了。

隨後，他聽見文香的道別。

『我該走了。橋本同學，謝謝你來見我，謝謝你來找我聊天。拜拜。』

雖然看不見文香的身影，泰示卻知道她在向自己揮手。雖然很不可思議，但他真的能清楚感受到。

泰示傷心欲絕，眼淚又即將潰堤，但他咬緊牙關努力忍住。他讓自己強顏歡笑，往文香聲音傳來的方向揮揮手。

『拜拜。』

成功說出口了，而且沒有掉眼淚，他終於跟有生以來第一次喜歡上的女孩子，跟最愛的文香好好道別了。

小不點跳下搖椅跑到店門口，朝什麼都看不見的空間『喵～』地叫了一聲，這是小不點的道別吧。

喀啷喀啷。

門鈴響起，店門打開後又關上。泰示和小不點目送這一切，盯著大門看了好一會。

文香已經不在了，去了遙不可及的遠方。泰示深深體會到這一點。

文香消失後，世界也恢復原狀。

朝霧散去，古老大鐘再次走動，也聽得見浪濤聲和黑尾鷗的叫聲。原本站在門邊的小不點，此刻又回到古老大鐘旁的搖椅上。

泰示摸摸臉頰，眼淚已經乾涸。明明流了那麼多淚，卻連淚痕都沒有留下。

剛剛是在做夢嗎？

聽說在清醒狀態下也會做夢，或許他經歷了一場自私的夢境。

可他依舊感到慶幸。

就算是做夢也好，慶幸自己有見到文香。

對面座位上放著雞蛋三明治和南瓜濃湯，那是文香的回憶美食，一點也沒有減少，而且完全冷掉了。

此時櫂走了過來，將茶杯端上桌。

「這是餐後的綠茶。」

櫂行了個禮準備走回廚房時，泰示請他留步。

「我跟中里文香說上話了。」

「是的。」

櫂點點頭，看起來一點也不驚訝，這裡果然是能引發奇蹟的食堂。

「我可以問個問題嗎？」

「當然，儘管問不用客氣。」

他本來想問亡者為什麼會現身，但總覺得櫂會回答「我也不清楚」，而且他已經見過文香了，此刻再追究這些也毫無意義。

還有另一件事讓他相當疑惑。

「前後兩個三明治有什麼差別？」

泰示現在依然想不透，外觀明明一模一樣，到底有什麼不同呢？吃了第一個雞蛋三明治，文香也沒有現身。

櫂也沒有特意賣關子，直接回答泰示的問題。

「麵包不一樣。」

「麵包？」

「沒錯，第一個是小麥粉製成的麵包，但第二個是無麩質麵包，那是米粉做的吐司。」

他聽過無麩質這個詞，超商和超市也會販售標示無麩質的食品。

小麥過敏。

麩質不耐症。

親戚或同學中有人為此症狀所苦，泰示也在電視和網路上看過，只要吃到小麥粉，就會引發頭痛、腹瀉、嘔吐、蕁麻疹等症狀，而米粉正是替代小麥粉的代表性食品。

「中里文香的雞蛋三明治是用米麵包做的。」

「為什麼——」

泰示不禁回問，櫂的解釋讓他摸不著頭緒，心中仍有疑問。

「你怎麼知道這件事？」

連泰示都不曉得當時的雞蛋三明治是用米粉做的，更何況櫂連吃都沒吃過。

「是二木小姐告訴我的。」

櫂如此答道。二木小姐指的就是琴子吧。

琴子很擔心泰示，為了保險起見才先打電話給小貓料亭吧，或許也把這些事告訴櫂了。

「琴子姊姊知道那是米麵包嗎？」

泰示帶著不可置信的心情提問。還是琴子其實認識文香，只是泰示不知道而已？

「不，我猜二木小姐不知道這件事。」

「那──」

「是餅乾。」

「咦？」

「二木小姐跟我說了餅乾的事。」

「那是……難道……」

「對，正是如此。」

在公園和文香一起吃雞蛋三明治時，泰示本來想分餅乾給她卻被拒絕，當時泰示以為自己被甩了，但其實不然。

「因為餅乾含有小麥粉，所以她不能吃。」

當時文香一臉為難地說了些什麼，泰示卻聽也不聽就離開了，而且還說了她的壞話。

自始至終都是泰示的錯，他擅自惱羞成怒，傷害了文香。

「當然，這只是我的猜測而已，也可能並非如此。」

所以櫂一開始端出小麥粉製的麵包，發現文香並未現身後，櫂才確定那是米麵包。

原本疑惑不可解的部分，聽完解釋後思路就清晰許多，也總算理解了。如果自己能像櫂一樣冷靜處事，當初就不會傷害文香了吧。

「請慢慢享用。」

櫂低頭行禮後便走回廚房。

泰示低下頭緊抿雙唇，雖然聽到小不點的叫聲，卻沒辦法往那裡看。

腦海中全都是文香的身影。

記憶雖然會慢慢褪色，但他絕對不會忘記文香，即使走到臨終那一刻，他一定還能記得文香。

因為對泰示來說，她是此生唯一的初戀。

初戀是永生難忘的回憶。

小貓料亭特製料理

用微波爐做厚煎蛋三明治

材料（一人份）

・生蛋　兩個
・美乃滋　一大匙
・白高湯　一小匙
・水　一小匙
・吐司　兩片

步驟

1　將美乃滋、白高湯、水放入容器攪拌均勻。
2　取另一個容器將雞蛋攪散成蛋液。
3　將 1 和 2 混合，倒入微波專用的飯碗中。
4　蓋上保鮮膜加熱一分鐘，再看蛋液狀況依次加熱三十秒，待蛋液變成鬆軟狀態後就完成厚煎蛋。可依個人喜好調整熟度。
5　把吐司烤到喜歡的焦脆度，再將 4 夾進吐司中即可。

重點

依照個人口味，在烤過的吐司抹上奶油或黃芥末，也是相當美味的吃法。

銀色虎斑貓與落花生飯

落花生

千葉縣的代表性名產，約有八成的日本國產落花生來自千葉縣。十一月十一日是花生日，屆時也正值落花生的盛產期。「和味米屋」的「花生最中」是相當熱賣的伴手禮，在車站的商店中也有販售。此外還有「荷蘭家」的「樂花生達克瓦茲」、「樂花生派」等用落花生製成的各式絕品甜點。

琴子回想起去小貓料亭那一天。當時她失去活下去的動力，在走投無路的狀態下前往食堂，遇見了櫂和貓咪小不點。

在那間食堂吃了回憶美食後，她遇見了死去的哥哥，在小貓料亭現身的哥哥對琴子說：

我只有一個要求。

站上舞臺吧。

她不知道死去的哥哥為何會說這種話，哥哥也沒有解釋清楚就回到靈界，在琴子心中留下了許多疑問，替她指點迷津的人正是小貓料亭的櫂。

我想，妳哥哥是想再一次站上舞臺吧。

而且還從背後推了她一把。

加油，我會跟小不點一起支持妳。

聽了這句話，琴子才發現自己想挑戰演戲的心情。

離開小貓料亭後，她立刻前往劇團，並拜託熊谷「請讓我以演員身分加入劇團」。她不想演以前那種路人角色，而是有臺詞的角色，她告訴熊谷，她想成為哥哥那樣的演員。

「妳可以隨時過來練習，但能不能達到結人那種等級，就要看妳的造化了。角色要靠自己的力量爭取。」

這就是熊谷的答案，嚴苛中帶著幾分溫柔，看來他一直在等待琴子提出加入劇團的請求。

琴子看著熊谷的雙眼回答：

「請多指教。」

於是琴子正式加入劇團。

排練非常辛苦，琴子只是個外行人，不但體力不足，也不會正確發聲，經常被熊谷破口大罵，她也曾經因此筋疲力盡地癱坐在地。

但琴子沒有打退堂鼓，因為能確實感受到自己正在一步步往前邁進，而且她可以用「哥哥在保佑我」這句話激勵自己，辛苦的時候也會想起櫂的那句話。

——我會跟小不點一起支持妳。

除了劇團排練以外，琴子在其他方面也下足了工夫。她去健身房鍛鍊體力，也會做發聲練習，在附近的公園反覆進行吟誦「外郎賣」。

過了一個月，她的第一場舞臺劇就定案了。可能因為是小劇團吧，她成功拿到了有臺詞的角色，這是琴子的出道作，成功以演員身分站上舞臺，琴子的人生產生了變化。

父母也改變了，哥哥死後他們成天灰心喪志，但聽到琴子說要登上舞臺後，兩人的表情都亮了起來。

妳要演哪一種劇？

有幾句臺詞？

服裝準備好了嗎？

還有誰會參演？

陸續拋出諸如此類的問題後，父母對琴子說：

「一定要去捧場才行。」

「是呀，好期待啊。」

兩人當場掏出錢包說要買票，可見他們也在等待重新站起來的機會。不，或許他們是在等琴子重新站起來。哥哥過世後，琴子也同樣變得灰心喪志。

如果死的是我就好了。

沒用的廢物居然活下來了。

這些念頭在她腦中浮現出無數次。看著跌入絕望深淵的琴子，父母也在靜靜期盼她能恢復活力。

「要先把票供在佛壇上喔。」

聽到琴子這麼說，父母雖然眼眶發熱，卻沒有流下淚水，而是面帶微笑地點點頭。

「結人也會很高興吧。」

父親這句輕聲呢喃，琴子和母親也能欣然接受了，他們終於可以自然地在對話中提起哥哥。一家人在佛壇前雙手合十，報告琴子即將站上舞臺的事。

時間的流逝相當殘酷，會將一切變成過去，但有些傷口也能因此癒合。

琴子找了好幾家百貨公司才買到大瀧六線魚，並在當天晚餐用紅燒方式烹製。雖然手藝不如小貓料亭的權，但她用哥哥以前的手法，用大量的酒和生薑煨煮。

把酒和生薑煮出香氣後，再用醬油及砂糖調味。之後她又把這鍋醬汁做成魚凍，用土鍋煮了熱騰騰的白飯。

完成後，琴子用托盤將餐點端上四人座的餐桌，放了父母、自己和哥哥的份。琴子想把這道菜當成陰膳——屬於她的回憶美食。

全家人吃著紅燒大瀧六線魚，把魚凍放在剛煮好的白飯上品嘗，並聊起哥哥的往事，而且聊了好多。說著說著，琴子跟父母都哭了起來，流下的卻是溫暖的淚水。

哥哥沒有出現，也聽不見他的聲音。

——我只有今天才能回到人世，時間結束後，我可能就再也不能過來了。

哥哥在小貓料亭說了這句話，而且確實如此。

雖然無法回到哥哥還在世的時候，但琴子和父母決定繼續往前邁進，他們終於能下定決心往前走了。

這也是福地櫂的功勞，他的料理和他說的話，給了琴子重新振作的機會。所以琴子想請櫂來欣賞舞臺劇，想讓他看看飾演有臺詞的角色的自己。

其實琴子後來只再打過一次電話。當時她把小貓料亭的事告訴住在附近的小男孩，因為他總是若有所思的模樣，琴子才忍不住告訴他。

你想去小貓料亭的話，我可以陪你去。

雖然對小男孩如此建議，他好像還是想一個人去，所以琴子才打電話給櫂。相隔一個月聽見的嗓音還是那麼溫柔。

「讓您久等了，這裡是小貓料亭。」

一陣「喵～」的貓叫聲夾雜在他的聲音當中，是小不點的聲音。感覺好像也能聽見浪濤聲和黑尾鷗的叫聲。

琴子腦海中浮現出櫂和小不點的身影，並將狀況解釋了一遍，把自己知道的所有細節都告訴了櫂。

「了解，是橋本泰示小弟弟吧，我會好好接待他，感謝您的來電。」

話題到此結束。因為當時還沒確定要參演舞臺劇，所以沒能開口邀請他，琴子決定再打一次電話提出邀請。

畢竟是小劇團，觀眾都是親朋好友，結人還在世的時候雖然會有粉絲來看，現在卻只有認識的人才會來看劇。為了保險起見，琴子在排練結束後向熊谷表明想請櫂來觀劇一事。

熊谷一時間沒聽懂她的意思，疑惑地反問：

「福地櫂？誰啊？」

「是小貓料亭的人。」

琴子回答後，熊谷露出彷彿在翻找過往記憶的表情，才終於恍然大悟地點頭。

「啊啊，是那間店的兒子吧。」

聽到這句話，這次換琴子愣住了。

「他有父母親嗎？」

店裡只有一隻小貓，感覺沒有其他人在。

「他有個媽媽。我之前應該有提過吧，老闆娘是位五十歲左右的女性。」

琴子忘得一乾二淨，當時她滿腦子只想著能和哥哥見面，若不是被熊谷再次提醒，她根本想不起來。

「七美老闆娘不在嗎？」

「是啊，我去的時候只有福地權先生和小貓而已。」

「這樣啊……她之前還有寫部落格耶。」

「部落格？」

「對，店家的部落格，那間店以前發生過一些事……算了，與其聽我說，妳還是自己看比較快，我有一陣子沒看了，但應該還在吧。」

熊谷自言自語地說，並將部落格名稱告訴琴子。

琴子不太會用電腦跟手機，雖然兩者她都有，卻幾乎沒在使用。即使如此，她還是趁這次機會回家打開了電腦，用熊谷告訴她的名稱搜尋後馬上就找到了。

小貓料亭的回憶美食。

這就是部落格的名稱。版主似乎更新得很勤快，文章數量還不少，不但上傳了內房海景、黑尾鷗和店面的照片，也有坐在入口黑板旁邊的小不點照片，身形比上次看到的時候還要小，感覺能聽見牠喵喵叫的聲音。

這個部落格裡寫了熊谷說的「那些事情」嗎？

琴子將視線移向側邊欄位的最新文章標題處，準備開始查找時。

「——咦？」

之所以發出驚呼，是因為最新文章的日期離現在已經超過兩個月，之後就不再更新了。過去幾年明明會用每週至少發布一篇文章的頻率更新，這個日期的文章卻是最後一篇，部落格就此停擺。

琴子忽然有些心慌。

感覺好像發生了什麼事。

她變得坐立難安，於是打電話給小貓料亭，想聽聽權的聲音。

可是她沒能聽見。

電話沒有人接。

甚至沒有轉進答錄機，電話另一頭只傳來重複的撥號聲。她不知道權的手機號碼，只能心懷忐忑地掛上電話。

「怎麼辦……」

她對著手機嘀咕一聲，但也僅猶豫了一瞬。

去看看狀況吧。

琴子馬上做出決定，跟父母報備後就衝出家門。還不到傍晚時分，現在過去的話，就能在天黑前抵達臨海小鎮車站。

於是琴子加快腳步趕往車站。

她從東京站搭乘總武線快速列車的商務車廂，上次去的時候也搭乘這種雙層設計的車廂。

上層已經客滿，但來到下層發現還有幾個空位，琴子選了靠窗座位坐下並拿起手機，準備看櫂的母親寫的部落格。

大約要一個半小時才會到小貓料亭所在的臨海小鎮，這個時間應該看不完所有文章，所以她決定從最早的日期開始看起。

本店開始提供回憶美食。

這個標題的文章中寫了小貓料亭的開業理由。七美的丈夫——也就是耀的父親本來是個漁夫，後來因為小孩出生才轉職到當地的煉鐵廠工作，這是為了收入，那個時代靠捕魚已經無法溫飽了。

但他還是沒辦法放棄大海，就算不再靠捕魚維生，他還是深愛大海。煉鐵廠休息時，他就會出海釣魚。畢竟過去是漁夫，他有船舶駕照，以前用的小船也沒有處理掉。

某天，耀的父親說「我去釣點魚，晚上加菜」便出海去了，結果再也沒有回來。

先生現在還在海上。

部落格如此寫著。在丈夫失去音訊，不知是死是活的狀況下，就這麼過了二十年的歲月。

煉鐵廠的薪水還算優渥，丈夫也不是愛揮霍的人，因此存了一大筆錢。不僅如此，東京灣跨海公路就蓋在歷代祖先的土地旁邊，所以那塊土地也能以高價賣出。

生活費暫時不成問題，但也沒富裕到可以不用工作，七美也不是成天遊山玩水的那種人，所以將住家改建後開了小貓料亭。

除了賺生活費之外，她還有其他下廚的理由。

我開始製作陰膳，祈求丈夫平安無事。

這道陰膳就是「回憶美食」誕生的契機，或許是七美思念丈夫的心情引發了奇蹟，那些重要之人也開始出現。

替琴子製作回憶美食的人不是七美，而是櫂。他在製作餐點時，也在思念自幼便與他分開的父親嗎？

琴子忽然心生疑惑，但其他日期的文章中給出了這個答案。

食堂暫時由兒子經營，直到我出院為止。

七美住院了，所以才不在小貓料亭，琴子也明白了櫂獨自經營食堂的原因。他在製作回憶美食時，是在祈禱母親能健健康康回家吧。

問題是後續的狀況，沒有一篇文章提到七美的病情如何，現在又在做些什麼。

琴子看著部落格想找點線索時，電車已經到站，不知不覺車廂裡只剩琴子一位乘客。踏上月臺後，她發現夕陽早已西沉，夜幕即將降臨。

小貓料亭是早餐店，早上十點過後就會打烊，現在去可能空無一人，也可能見不到櫂。

琴子雖然這麼想，卻無法停下腳步。與其抱頭苦惱還不如採取行動，才不會留下遺憾。

琴子走出空蕩蕩的車站，往南口的轉運站走去，決定不等公車直接搭計程車，想要盡早抵達小貓料亭。

計程車一路順暢。

道路十分空曠，不到十五分鐘就抵達海邊，琴子在沙灘前下了車，快步走在貝殼小路上。

十一月的白天很短，在她搭乘計程車的期間天色已經全黑，但因為今天月亮有露臉，所以不算昏暗。

雖然能聽見浪濤聲，卻沒有黑尾鷗的叫聲，貓頭鷹和暗光鳥（夜鷺）也悄然無聲，彷彿這一夜世間萬物全都墜入了夢鄉。琴子覺得自己的腳步聲彷彿噪音，卻也沒心情感到抱歉，依舊加快腳步往前走去。

店舖隨即映入眼簾，卻沒有半點光線。畢竟現在不是營業時間，沒開燈也是很正常的事，琴子卻莫名有種店家關門大吉的錯覺。

她覺得沒有人在，權跟小不點都離開了。

天下無不散的筵席，不管多麼在乎對方，終究會面臨離別。琴子想起哥哥，想起泰示的初戀女孩。無論多想見面，都再也見不到這些人了。

難道她再也見不到權跟小不點了嗎？

琴子差點就要被不安的情緒擊垮，但是並沒有。方才的預感失準，看來還不到離別的時刻，一陣門鈴聲傳進琴子耳中。

喀啷喀啷。

是小貓料亭大門開啟的聲音，琴子憑藉著月光循聲望去，發現有道人影走出店外，那個人是權，雖然沒戴眼鏡的模樣看起來判若兩人，但的確是權沒錯。

喀啷喀啷。

門鈴再次響起，權將大門關上並上鎖，並往此處邁開步伐，看來正打算外出。

「……二木小姐？」

權有些吃驚，應該沒想到琴子會在這個時間來訪吧。

琴子也很驚訝，她以為權已經離開了，沒想到他會從黑漆漆的店裡走出來。

「那個……晚安……」

琴子只能說出這句有點傻的問候。

「晚安。」

權雖然回應了琴子的問候，但似乎還是想不透她為何出現在此。

沉默籠罩了現場。

琴子實在捱不住這股沉默。

「我看了令堂的部落格。」

琴子開了口，卻不知該如何接話。這是她第二次和權見面，儘管現在想這些為時已晚，但他們並沒有熟稔到可以打聽對方住院的母親。

我在說什麼啊——雖然百般懊悔，但一言既出駟馬難追，她只能靜待權的回答。

「這樣啊……」

權輕聲呢喃，接著用報告般的語氣繼續說道：

「上禮拜辦了葬禮。」

權用感受不到情緒的平穩嗓音宣告了母親的死訊。權的母親過世了。

琴子無言以對，雖然內心早有預感，這句話還是太沉重了。

她沉默不語，連弔唁的慰問詞都說不出口，而權繼續說道：

「如果您是來用餐的話，很抱歉，我決定把小貓料亭收起來了，我想結束營業，離開這個小鎮。」

真的被她料中了，琴子心中的不安果然是真的。

「您有看部落格應該知道吧？母親過世後，我也沒理由繼續製作陰膳了。」

權說的不是「回憶美食」而是「陰膳」，他果然是抱著祈求母親歸來的心情在製作料理。

對每個人來說，母親都是相當重要的存在，更何況權是被母親獨力扶養長大。

如此寶貴的母親過世了，曾經失去哥哥的琴子，能體會權受到多大的打擊。可能覺得心裡破了個大洞吧，琴子當時也是如此。

「我現在要去做最後一道陰膳。」

櫂像是要結束話題般這麼說，隨後又說了聲「先告辭了」向琴子低頭致意後，再次邁開步伐。

他走過琴子身旁，準備前往某處。他的背影看起來格外渺小，明明近在身邊，感覺卻遙不可及。琴子不想讓櫂一個人過去。

「我可以一起去嗎？」

回過神才發現話已經說出口了，琴子被自己這句話嚇了一跳。包含在非營業時間不請自來的行為，自己簡直就像瘋狂倒貼的女人。琴子羞得臉頰發燙，幸好被夜色掩蓋住了。

櫂停下腳步轉過頭來，但因為背對著月光，所以看不清他的表情，他只是淡淡地說了一句：

「可以呀，您也一起來吧。」

於是琴子和櫂並肩同行，兩人在夜晚的海邊走了起來。

琴子隔著幾步走在櫂的身後。

他兩手空空，雖說要去做最後一道陰膳，卻沒有攜帶材料或廚具，而且小不點也不在，是不是留在店裡了呢？

除了廚具跟小不點之外，琴子心中還有許多疑問。

明明是早餐店，為什麼這麼晚還要去準備料理呢？為什麼沒戴眼鏡？

收掉小貓料亭後，他又要去哪裡？

雖然很想問，但琴子打住了，畢竟現在氣氛不合適，她也覺得無須多問，只要一起過去就能找到答案。櫂也沒有任何說明，不發一語地走過沙灘，來到小糸川沿岸的步道。

這裡已經看不見海了，但還是一個人都沒有，沿海小鎮還是如此靜謐。雖然有幾戶民家，卻都沒有開燈，儘管不全是空屋，但也沒有傳出說話聲和電視聲；跟琴子居住的東京相比，路燈量也少了許多，只能靠月光指路。

走著走著，他們離開行人專用道。沿著小糸川鋪建的步道是個知名景點，連縣市的官方網站上都有介紹。

沿岸的綠地部分種植了約七百二十株櫻花樹，花開時節就能看見與河川相映成趣的優美景致。

除了櫻花之外，也種植了油菜花、繡球花和波斯菊等花卉。順帶一提，油菜花是千葉縣的縣花。

現在是十一月，不是櫻花和油菜花盛開的季節，但橋梁周邊裝設了燈飾，映在河面上的光影也十分美麗。這條河的盡頭似乎還有另一個城鎮。

不知不覺已經聽不見浪濤聲，回頭也看不見小貓料亭了。

就這樣走了幾分鐘後，櫂離開人行步道彎進岔路，是連路燈都沒有的小路。繼續往前走，連小糸川也看不到了。琴子完全不知道櫂要往哪裡走，她第一次走進這座城鎮。

但不可思議的是，她的心中沒有一絲忐忑，待在櫂身邊就毫無恐懼，光是走在一起就感到心安，甚至覺得可以永遠走下去。

但兩人獨處的時間馬上就結束了，彎進小路後走不到五分鐘，櫂就停下腳步，指著昏暗的另一頭說：

「我要在那個家裡製作陰膳。」

在月色照耀下，琴子看見一棟老舊的日式民宅，旁邊還有一塊田，但因為天色昏暗，看不出田裡種了什麼。

「那是落花生田。」

櫂解開了她的疑惑。

落花生是千葉縣的名產，比如「花生最中」、「落花生派」、「花生沙布列」等等，有許多使用落花生製作的甜點，廣受觀光客喜愛。在車站的商店也有販售，甚至有人會特地在網路上購買。

但落花生產業逐漸沒落，國內的落花生種植面積也不斷縮減，跟昭和四十年相比，規模只剩下十分之一。便宜的國外落花生進口量增加似乎也是原因之一，連千葉縣的落花生農家也越來越少了。

待會要拜訪的民宅主人——倉田芳雄，今年已經八十二歲了，他是落花生農家的獨生子。

在很久很久以前，昭和時代的東京奧運尚未開幕前，他們家種植的落花生就享有「全鎮最好吃」的美名。為了買他們家的落花生，甜點店和餐館都得排隊。

但芳雄沒有繼承農業，不是他不願意，而是父母希望他進公司工作。

「還是在公司上班比較好，別做什麼落花生農家。」

芳雄的父親這麼說。那個年代的人不敢違抗父母之言，國中畢業後芳雄立刻就業，在當地的建築公司和汽車整備工廠工作後，芳雄決定到煉鐵廠任職。

那間煉鐵廠是填海建成，於昭和四十年（一九六五年）發跡，是日本代表性的大企業。

這是個正確的選擇。芳雄變成上班族後，父母雖然繼續種田，卻受到便宜的進口落花生衝擊，生意越來越差，不管種出多麼好吃的落花生，卻被低價收購，根本無法回本。

芳雄三十歲的時候，父母已經放棄大部分的田地，只留下住家旁邊的田種植自己吃的落花生。曾經被譽為全鎮最好吃的落花生，也從市場上消失了。

「我早就料到這個結果了。」

芳雄的父親無力地這麼說。

歲月流逝，芳雄娶了老婆，是小他四歲、名叫世津的女性。對當時的人來說，三十歲以後才結婚已經相當晚了，但父母依舊很開心。

家裡的氣氛變得熱鬧起來，父母和世津三人留在田裡工作，公司休息的那幾天，芳雄會加入農忙的行列，採收田裡的落花生，四個人一起吃。

「我們家的落花生很好吃吧。」

父親驕傲地這麼說，世津也用力點點頭。

「好吃到我都捨不得拿來吃了。」

父母似乎覺得她的回答很有趣，不禁笑了起來，世津也被自己說的話逗笑，過了一會芳雄也跟著笑出聲來。

芳雄和世津之間雖然沒有孩子，在一起的那些時光依然笑聲不斷，芳雄和父母都十分幸福。

雖然希望這種幸福時光能持續到永遠，但終究是不可能的。人的壽命有限，世津嫁過來還不到十年，父母就相繼患病，一起過了幾年臥病在床的生活後，便撒手人寰了。

「對不起。」

辦完父母的葬禮後，芳雄對世津低頭道歉。不知不覺已經快要五十歲了，兩人沒有孩子，時間就這麼匆匆溜走。

芳雄確實對世津感到虧欠，但他也不知道自己為何要道歉。是麻煩她照顧年邁的父母嗎？還是因為沒生孩子呢？如果世津反問「你幹嘛道歉」，他一定答不出來吧。

但世津沒有反問，而是語氣平和地說：

「沒關係。」

那天的對話就這麼結束了，後來芳雄才感慨地想，要是當時好好跟她多說幾句該有多好。

光陰飛逝，芳雄從公司退休，已經六十歲了，雖然還稱不上是老人，但確實也不年輕。人生已經走過大半，芳雄和世津也變得白髮蒼蒼。

芳雄任職的是日本數一數二的煉鐵廠，那個時代景氣也不錯吧，光靠退休金和老人年金就足以支撐退休後的生活。

所以他沒有二度就業，而是和世津兩人全心投入農忙生活，提議一起種田的人是世津。

「如果只是自家要吃的分量，老爺爺跟老奶奶也能種吧。」

世津打趣地說，但他們真的只種了家裡夠吃的分量。不知不覺中，世界和父母在世時已經截然不同。

附近一個落花生農家都沒有，大家都賣掉土地離開了；感情好的朋友不是搬家、住進養老院就是離開人世，芳雄家周邊那幾棟民宅全都空蕩蕩的。

雖然沒跟親戚來往，也沒有相識的鄰居，芳雄卻一點也不寂寞，因為有世津陪在他身邊。

他們會一起去超市購物，也會去圖書館借書。在田裡揮汗工作，享受每週一次的外食時間。雖然沒有去很遠的地方，但也會來趟小旅行，生活相當充實。

「希望明年也一切平安。」

「是啊。」

只要年關將至，他們就會重複這段對話，這是安享晚年的老夫老妻唯一的心願。

我不需要其他東西，只想再多陪世津幾年，懇請神明保佑。

每當前往佛壇或神社，芳雄一定會雙手合十如此祈禱。

這些年神佛也實現了他的心願，賜予他人生宛如多出來一般的幸福時光。然而結局來得猝不及防，世津因病離世，脫離病痛後與世長辭了。

芳雄在年末為妻子辦了葬禮，一個人度過正月新年。從今以後，他就得孤零零地活到死去的那一刻。

芳雄不再去圖書館，也不出門外食，但還是會下田工作。他仍持續打理庭院，種植落花生。

他一個人吃著採收的落花生，味道跟世津和父母在世時一模一樣。雖然一切都變了，但只有田裡採收的落花生味道不變。

這樣的日子持續了一年左右，某天芳雄忽覺腰部一陣劇痛，當時他在庭院裡，那種痛跟閃到腰或肌肉痠痛明顯不同，他心中也浮現出近乎確信的預感。

芳雄去醫院接受檢查，馬上就被安排住院，不但發現罹癌，而且還轉移到全身。

「我認為治癒機率不大。」

年輕到可以當孫子的醫生對芳雄這麼說。已經太遲了，芳雄的壽命也走到了盡頭。

「他跟我母親是同一種病。」

權繼續說道，這是琴子第一次知道他母親的病名。雖然覺得該說點什麼，但她還是說不出話來，只能沉默不語。權接著說：

「倉田芳雄先生，曾經跟我母親住在同一間醫院的病房大樓。」

這句話勾起琴子的注意，因為權說的是過去式，可見現在不是了。

「他出院了嗎？」

「暫時出院。」

「呃，什麼意思……」

「他說想趁身體還能動的時候把房子和田地處理掉，吵著要出院。」

別說痊癒了，連身體狀況都不太樂觀。

「他有辦法做這些工作嗎？」

琴子不禁擔心起來，如果有家人也就算了，芳雄是孤家寡人，就算身體出狀況，也得獨自處理這些事。

「這是芳雄先生的決定。」

權如此答道，或許也沒有其他方法了。聽到目前為止，芳雄跟親戚的關係似乎也漸漸疏遠，所有事情——就連葬禮的籌備工作，都要靠他一個人打點。

「明天就要回醫院了。」

權對他的狀況瞭若指掌，從他的口氣聽來，感覺不只是因為芳雄跟母親住在同一間病房大樓，而是從以前就認識芳雄了。

可能是琴子將這個猜測寫在臉上了吧，權對她說明了原因。

「他是小貓料亭的常客。」

畢竟小貓料亭是當地店家，這也很正常。對話中提到的每週一次外食，似乎就是去小貓料亭。

「妻子過世後，他就沒有再來光顧了，但我去探望母親時卻見到了芳雄先生。」

當時芳雄似乎就請他製作回憶美食。人生總會在意想不到的某處產生聯繫。

這個時間拜訪人家已經有些晚了，但芳雄希望他晚上再過來，因為白天要請業者過來清理房子和田地。

「他似乎想把房子拆了，土地和田地也要賣掉。」

這也是櫂告訴她的，芳雄想把所有痕跡通通抹除，打算將落花生田和充滿回憶的家全都夷為平地。

「我們走吧。」

櫂再次踏出步伐，琴子也跟著往前走，穿過落花生田旁邊的小路走向民宅。

「可是黑壓壓的……」

整間房子一片漆黑，一點聲音也沒有。是不是睡著了？還是根本沒有人在？可能因為病情加重回去醫院了。

琴子這麼想，櫂卻沒有停下腳步。

「因為他沒開燈。」

櫂若無其事地這麼說，對屋內的寂靜感到稀鬆平常，隨後他看著夜空呢喃道：

「是盤月呢。」

琴子抬頭仰望，發現形似水盤的上弦月懸在空中。她聽過盤月這個說法，月亮也確實美麗，但這句臺詞出現得有些突兀。

琴子本想回問，櫂卻已經將目光從月亮移開，往民宅看去。

「他說他在簷廊。」

向琴子這麼說後，櫂又往前走，但他不是往玄關走去，而是直接繞到庭院裡。他對路線相當熟悉，可能之前已經來過好幾遍。

兩人來到一座充滿年代感的寬廣庭院，有柿樹、梅樹還有看似花圃的園地。雖然沒有栽植花草，卻也不像荒蕪的樣子。

有個人影就坐在簷廊上，走近之後，琴子才看清那人的外貌。

如枯木般消瘦，臉色蒼白，一看就是病人。這位老人就是倉田芳雄，剛才已經聽櫂說過了，所以不必介紹就知道他的身分。

櫂開口問候。

「晚安。」

「抱歉，我沒辦法去七美老闆娘的葬禮。」

芳雄沒有回應櫂的問候，劈頭就說出這句話。他的嗓音嘶啞，但神奇的是聽起來相當清晰。

「沒事，您別放在心上。」

櫂回答道，卻刻意避開葬禮話題繼續開口：

「跟您借一下廚房。」

他似乎要去準備料理了。

「啊啊，隨便用吧。」

「打擾了。」

櫂脫下鞋子走進家中，沒請芳雄引領，熟門熟路地走在走廊上，彷彿當成自己家。

琴子茫然地看著櫂離開的背影，芳雄則開口問她：

「小姐不去嗎？」

芳雄可能以為她是小貓料亭的工讀生。嚴格來說並非如此，但她來此的目的確實是想助櫂一臂之力，那就該去幫忙吧。

「我也可以進去嗎？」

「當然可以。」

「謝謝，那就打擾了。」

於是琴子也脫鞋走進房屋，走廊上涼颼颼的。

雖然屋內沒有照明，但由於簷廊的門開著，月光能灑入室內，行走時沒什麼問題。琴子從來不知道月光如此明亮，走在前面的櫂的背影也看得一清二楚。

琴子還沒追上櫂的腳步，櫂就在走廊盡頭的房前停下來，接著拉開門走進去。

她聽見開燈的聲音，光線頓時籠罩室內。櫂沒把門關上，是為了等琴子進來吧。

琴子走進櫂所在的房內。這裡是廚房，感覺是可以用「灶房」一詞形容的老式廚房。

房內只放了一臺小冰箱，沒有微波爐或熱水壺；雖然有瓦斯爐，但也是相當老舊的款式。

但一切都乾乾淨淨，地板和廚具都擦得亮晶晶的，看上去一塵不染，就像剛打掃過一樣。

「我已經把食材都備好了。」

櫂這麼說，原來他已經來過一次了，琴子也終於明白他空手前來的原因。食材跟鍋子都是櫂帶來的，打掃的或許也是櫂吧。

「我現在要來煮飯。」

說完，櫂就把土鍋放上瓦斯爐，看來他沒有要用電飯鍋。順帶一提，土鍋是這個家裡的東西，除了瓦斯爐上那一口土鍋，旁邊還有好幾個。

「你要做什麼？」

「落花生飯。」

這就是芳雄的回憶美食。

落花生是一年生草本的豆科植物，又名土豆或南京豆，在全世界廣泛栽種，在豆類中以產量著稱，僅次於黃豆。

開花後，子房柄便會潛入地底結出果實，所以在中國才有「落花生」之名，日文的唸法也是取其讀音。

「這些落花生是從那塊田裡採收的。」

櫂從堆放蔬菜的地方拿出帶殼的落花生，並對琴子說道。落花生上頭還沾著一層乾土。

「落花生的採收手續相當繁複。」

權這麼說，並向琴子簡單介紹採收方法。

「將落花生從土裡拔出後，要將三到五株聚成一束，把根部倒立過來曬乾一週左右。」

這個作業名為「根曬法」，這麼做當然是有原因的。

「上下顛倒後，水分就會往下流至葉片，果實也能盡早乾燥。」

權拿著落花生搖了搖，發出喀啦喀啦的聲音，就是乾燥的證明，但還沒結束。

「之後還要層層堆疊成圓筒狀，進行一到兩個月的自然風乾。」

真是耗力又耗時的作業，感覺住院的芳雄根本無法完成，所以應該是權幫忙的吧。權沒有特地提及這件事，繼續說道：

「十一月這個時期，就有美味的新豆上市了。」

現在似乎是落花生的產期，十一月十一日也被稱為落花生日。

說話的同時，權的手也沒閒著。琴子還來不及問要不要幫忙，權就一個人剝完了落花生殼，玻璃碗中裝滿了淡粉色的花生豆。

「再來只要加點鹽和酒，用土鍋炊煮即可。」

「不用靜置吸水嗎？」

「不用，我用的是新米，應該沒問題。」

新米含水量較高，炊煮時少放一點水才能煮得好吃。

「利用米本身所含的水分炊煮，感覺比刻意吸水後再炊煮好吃。」

蔬菜和肉類也一樣，額外加水煨煮味道就會扣分，米應該也不例外。明白這個道理後，櫂向她提出了要求。

「不好意思，可以把櫥櫃裡的鹽拿給我嗎？」

「好。」

打開櫂所說的木製櫥櫃後，發現裡頭有成排的陶罐，雖然老舊卻一塵不染。在梅干和砂糖的陶罐之間，琴子一眼就看見鹽罐了。

「是這個嗎？」

「是的，可以煮出美味的落花生飯。」

櫂用一如既往的禮貌口吻這麼說，並從琴子手中接過陶罐。琴子的指尖碰到了櫂的手，但也僅只一瞬，櫂繼續烹調料理，彷彿什麼事也沒發生。

「做法很簡單，可能還稱不上料理吧。」

說完，櫂在土鍋裡放入米、水和落花生，又加了點鹽和酒，再來就蓋上鍋蓋轉開瓦斯爐旋鈕。

「還要一點時間才能煮好。」

這樣似乎就完成了。櫂看向琴子的臉，本來以為他要說些什麼，卻什麼也沒說。隨後櫂移開視線，默默地整理起廚房，琴子也動手幫忙。

大約二十分鐘後，落花生飯就煮好了。

米和落花生的香甜氣味彌漫了整間廚房，櫂將瓦斯爐關閉，但還不能馬上吃。

「還要燜十到十五分鐘。」

這是為了讓米吸收蒸氣，變得渾圓飽滿。這十五分鐘一眨眼就過去了。

「請嘗嘗味道。」

櫂輕輕將落花生飯盛進碗裡。琴子吃過炒花生，但這是第一次吃花生炊飯。

「我要開動了。」

琴子接過碗後，便將落花生飯放入口中。

落花生的香氣立刻在口腔中蔓延，咬下去便是溫熱鬆軟的口感，毫不費力就能咬碎，能感受到豆類的風味與香甜。

繼續咬幾口，這次就嚐到了米的味道，淡淡的白米滋味包覆著落花生，鹽和酒也烘托出甘美香氣。這是大地的滋味，彷彿能看見田野，只吃一口就覺得幸福洋溢。這就是櫂的料理，讓人感受到幸福，吃到紅燒大瀧六線魚時也是如此。

「非常好吃。」

不但使用了充滿回憶的田地種植的落花生，又如此美味，琴子相信這道料理肯定能引發奇蹟，也能見到思念之人。

「讓芳雄先生嚐嚐看吧。」

櫂將土鍋和碗放上托盤。

芳雄在簷廊上賞月，他看著上弦月，似乎沒發現櫂跟琴子來到他身邊，看起來像在發呆，但他的眼神十分真摯。

見狀，櫂輕聲說道：

「他可能是在許願吧。」

「咦？」

「傳說向這種形狀的月亮許願，心願就會成真。這種月亮被稱為盤月，聽過這個說法嗎？」

剛才權也說了同樣的話。琴子知道盤月這個稱呼，但沒聽說過這種傳聞。

「以前我讀過的小說裡是這麼寫的，只要向盤月祈禱願望就會實現，猶如水盈滿盤。」

聽權這麼一說，琴子再次看向芳雄的臉，但從老人的表情看不出任何端倪。

「您不冷嗎？」

權開口向芳雄問道。今天以十一月而言算是暖和，但入夜後氣溫就一路下滑，對生病的老人來說太冷了。

「要不要幫您把餐點送到房間裡？」

權可能覺得回到屋內用餐比較好吧，琴子也這麼認為，芳雄卻搖搖頭。

「沒關係，這裡比病房裡舒服多了。」

他將毛毯蓋在腿上，還穿上棉襖，讓人感受到他不想離開這個地方的決心，或許他想看著充滿回憶的庭院和落花生田享用回憶美食吧。

他們能理解芳雄的心情，權也不再強求，將托盤放下後對芳雄說：

「餐點為您準備好了，這是落花生飯。」

權將飯盛進碗裡放在簷廊上，總共有兩個碗。

「我做了兩人份，是為了芳雄先生和世津太太準備的。」

這是為了悼念芳雄的亡妻所做的料理。

吃了櫂準備的回憶美食，死去的人就會出現，雖然不知道是死者本人還是幻覺，但琴子當時和哥哥說上話了。芳雄應該也抱著這股期盼，想見妻子一面，才會請櫂準備回憶美食吧。

但芳雄沒有將手伸向飯碗，也沒打算品嘗回憶美食，甚至沒有伸手取筷，就只是盯著兩個飯碗。

「您不吃嗎？」

櫂用含蓄卻帶著疑惑的口吻問道，芳雄便將蒼白無血色的臉轉向他。

這一瞬間，琴子才終於察覺到，也明白芳雄不吃落花生飯——不，是沒辦法吃的原因。

沒等琴子開口，芳雄就說出了那個理由。

「對不起啊，你都特意做給我吃了，但我可能無法吞嚥。」

他不是不吃，是沒辦法吃。

為什麼沒發現這一點呢？

琴子咒罵自己的粗心。芳雄全身都被癌細胞侵蝕，身體虛弱到沒辦法治療，只能住進安寧病房。

雖然不知道具體病況如何，但即使是穩定到院方同意讓他回家的程度，也沒辦法吃落花生飯，當然無法下嚥。

聽芳雄這麼說後，權緊閉雙唇，似乎也在責怪自己沒察覺到這件事。

「明明沒辦法吃，卻還是要你做，真對不起。」

芳雄再次道歉。他從一開始就知道自己無法吞嚥，卻還是請權幫忙準備，這是有原因的。

「一份是替我老婆——世津準備的陰膳，但另一份是為了我自己準備的。雖然還有些早，但我想用來祭奠自己，你能不能大人不記小人過？」

「祭奠？」

「是啊，我想為自己舉辦葬禮，我也知道自己命不久矣。」

琴子和權都無言以對。芳雄孤家寡人，也沒有會為他舉辦葬禮的親戚。

「落花生好香啊，好像能看到世津的臉。這樣我就能成佛了……謝謝你們。」

芳雄請權準備回憶美食，或許是想邀請靈界的妻子來參加自己的葬禮吧。

琴子腦海中浮現出素未謀面的世津的臉。

她坐在芳雄身邊。

兩人並肩欣賞著梅樹。

看著馬上就要夷為平地的庭院。

「這是最後一眼了，也要跟這個家道別了呢。」

聽到芳雄的聲音後，琴子起身離開現場。

真的很抱歉。

芳雄朝著彷彿要逃向走廊的琴子背影道歉。小貓料亭的兩人都以為他是因為生病才無法進食，但他並沒有被下達禁食令。醫生對他說，如果是對身體沒什麼負擔的食物，還是吃一點比較好。

起初芳雄覺得淺嘗一口也好，但一看到落花生飯，心中就感慨萬千，覺得一個人繼續活在世上也沒意思。

已經夠了——他這麼想，獨自活在沒有世津的世界裡太痛苦了，他現在就想立刻駕鶴西歸。

世津離開那一天的情景，至今仍歷歷在目。那是個寒冷的冬天，世津忽然喊腰痛，平常鮮少抱怨的妻子看起來一臉難受。

上了年紀後，骨骼會變得脆弱，芳雄擔心可能是骨折，便帶她到附近的私人小診所。

但那裡的醫生只做了診察，沒有幫世津治療。

「建議兩位去做更精密的檢查。」

醫生神情嚴肅地說，將世津轉到隔壁鎮的大醫院，接受精密檢查。當時檢查完就回家了，隔週卻收到世津罹患重症的壞消息。妻子的身體已經被病魔侵蝕，甚至無法動手術了。

「很遺憾。」

聽到醫生宣告的瞬間，他覺得眼前一片黑暗。雖然暫時先回到家，但他甚至不記得自己是怎麼回去的，只記得世津對他說的那句話。

「這一天終於來了呢。」

世津似乎早就做好心理準備了。見芳雄沉默不語，世津繼續說道：

「老公，對不起喔，往後要麻煩你一段時間了。」

不能輕言放棄。

不要跟我道歉。

別說「一段時間」這種話。

這些話湧上心頭，卻說不出口。好想拯救世津，卻不知道該怎麼做，而且病情還在緩慢絕望地持續惡化。

反覆住院出院一陣子後，世津住進了安寧病房。這裡不採取積極治療，目的是緩解病患的痛苦。

「終於不用再痛了，真是謝天謝地。」

世津輕聲呢喃。芳雄還是無話可說，連安慰的話都想不出來。

「昨天好開心呢，老公，謝謝你。」

世津說想在住進安寧病房前到鎮上看看，芳雄點點頭便帶著妻子出門，這是他們最後一次散步——不，是約會。

他們去了母親牧場，品嘗又甜又冰的霜淇淋，像遠足的孩子一樣到處逛。之後還去了人間神社，這是鎮守本鎮的氏神，在高臺上可以將市區一帶一覽無遺。芳雄對神社雙手合十祈禱。

希望別讓世津太痛苦。

他向鎮守的氏神無聲祈求，心中也沒有其他願望。其實他希望世津恢復健康，但也知道這是不可能的願望，所以他祈求氏神別讓妻子太過痛苦。

隔天回醫院前，芳雄起了個大早和世津一起去鹿野山，欣賞從山上俯瞰的九十九谷出現的雲海。

他們搭乘計程車，在破曉前抵達鹿野山。日出之際的雲層染上了太陽的顏色，此情此景如水墨畫般優美，彷彿身處雲端。

「天國就是這種感覺吧。」

世津這麼說，芳雄卻無法回答。世津或許也不期待芳雄會回答，只是靜靜地看著雲海，就這樣看了幾十分鐘。

「時間差不多了。」

世津這麼說，兩人時光至此告一段落，妻子沒有回家，而是直接住進醫院。這次住院後，就沒辦法活著出院了。

芳雄每天都一大早就到醫院探病，他一樣沉默寡言，總是妻子在說話。雖然知道人生將盡，世津卻沒有任何怨言，她明明很難受、很痛苦、很害怕，卻從來不喊苦。

不僅如此，她還對芳雄笑著說：

對不起，讓你這麼辛苦照顧我。

對不起，沒辦法好好照顧你。

但臨終前能和你在一起，我真的好幸福……

醫生開了強效止痛劑，所以妻子說話時總是有頭無尾，醒著的時間也一天天減少了。

芳雄無時無刻都看著世津沉睡的表情，像是要抓緊剩下的時間般與妻子度過每一刻。

不能說話也沒關係，沉睡不醒也無所謂，能在一起就滿足了。芳雄祈求神明別讓世津死去，希望時間能停在這一刻。

但神明依舊沒聽見他的願望，時間也沒有暫停，那個瞬間還是來臨了。

世津臨終的遺言仍言猶在耳，那是她昏睡三天後的事。

「欸，老公。」

世津用一如往昔的嗓音呼喚芳雄，說想拜託芳雄幾件事。

我死了以後，你就會變成孤零零一個人，但希望你不要消沉沮喪。

別為我的死感到悲傷。

希望你打起精神，品嚐愛吃的食物，做你想做的事，連我的份一起開心過日子。

不用來掃墓。

也不必為我焚香。

因為跟你在一起就讓我覺得很幸福了。

現在也好幸福……

世津微微一笑，緩緩閉上雙眼，就再也沒有睜開眼了。

醫生依照既定流程為世津把脈，確認心跳，往瞳孔照光後，就低下頭對芳雄說：

「請節哀順變……」

醫生告知死訊的聲音穿過了芳雄的耳朵，他甚至無力感謝醫生的關照，眼淚就跌出眼眶。醫生和護理師離開病房後，芳雄便放聲大哭，完全止不住眼淚和嗚咽聲。

和妻子共度的回憶如走馬燈般閃現，兩人相處的日常點滴浮現腦海，彷彿在看往日的影像一般。

在五十多年前，他在朋友介紹下認識了世津，當時的氣氛就像相親。那天芳雄穿了新買的深藍色西裝，還去剪頭髮，努力想讓自己好看一些。世津穿著碎花洋裝，一臉羞澀地坐在座位上，那個模樣清純又可愛，讓芳雄移不開目光。他對世津一見鍾情，看到照片的那一刻，他就喜歡上世津了。

他擠出僅有的一絲勇氣，當場就對世津提出交往。

「我們還能再見面嗎？」

明明只說了這句臺詞，喉嚨卻乾啞得不得了。

「好……好呀。」

世津小聲同意道，臉頰也染上紅暈，那個樣子也可愛極了。於是他們又見了幾次面，雖然只是吃飯散步的簡單約會，但能和世津在一起就讓他心跳加速。好想跟世津長相廝守——每見世津一面，這個心情就愈發強烈。

那是個月色皎潔的夜晚，看完東京灣觀音回家時，芳雄走在小糸川沿岸的步道上，決定向世津表明自己的心意。

當時四下無人，昏暗河面上映著月亮的倒影，如水盤般細薄的月亮懸在夜空中。

芳雄看著月亮默默祈禱「請保佑一切順利」，向形似水盤的月亮祈求「請讓我倆永遠在一起」，隨後才對世津說：

「可以嫁給我嗎？」

臺詞聽起來有些笨拙，但這是他用盡全力——一生一次的求婚。

世津沒有馬上回答，沉默幾秒後忽然噗哧一笑。

那一瞬間，芳雄的心都冷了。

果然還是不行嗎——他這麼想。

芳雄的皮膚偏黑，眼睛細長又沒有高挺鼻梁，一點男子氣概也沒有，這樣的男人居然向年輕貌美的世津求婚，難怪會被嘲笑。

彷彿要證實芳雄的想法般，世津開口道歉。

「對不起。」

芳雄覺得自己徹底被甩了，有些失落地咬著下唇，但世津繼續說道：

謝謝你。

真的很謝謝你願意喜歡我。

我覺得太幸福了，才不小心笑出來。

和你在一起，我應該能笑著度過每一天。

我也喜歡你——深深愛著芳雄先生。

請讓我嫁給你。

請跟我成為夫妻吧。

這就是世津對求婚的答覆。月光映入眼簾，讓芳雄淚水盈眶。意想不到的發展讓芳雄啞口無言，世津盯著他的臉開口問道：

「……不行嗎？」

她在等芳雄的答案，於是芳雄急忙答道：

「是……是的！呃，不是不行——請和我結婚吧。」

可能是覺得這句話很好笑吧，世津再次噗哧一笑，隨後便牽起芳雄的手緊緊握住。

從這一刻起，兩人結為夫妻，形似水盤的上弦月實現了芳雄的心願。

這樣的世津已經不在人世了。

留下芳雄撒手人寰。

——再來就輪到自己了。

在火葬場為世津撿骨時，芳雄這麼想。父母死了，世津也死了，如今只剩芳雄一個人。每個人一定都會面臨死亡，命運會輪流轉。

他想得沒錯，這次確實輪到他了，芳雄也生病了，而且是跟妻子同樣的病。聽說時日無多，也被醫生告知無法治療，連這一點都一模一樣。

其實芳雄想在這個家過世，但他說不出這個任性的要求。他不想弄髒這個家，也不想讓別人收拾他的遺體。

「在醫院離世也不錯呢。」

彷彿在說服自己的這聲低語，其實也是芳雄的真心話。世津和芳雄的父母都是在這間醫院往生，也是在這間醫院誕生。

「就像家一樣……」

所以他決定回到醫院，靜靜等待壽命走到盡頭。

他知道自己不會再回到這個家，才決定把土地和田地處理掉。他會將這筆錢交給寺廟，請廟方為他處理身後事，幫他把遺骨放在父母和世津的骨灰罈旁邊。

——已經沒有遺憾了。

雖然很想這麼說，但唯獨某件事仍讓芳雄耿耿於懷，是關於世津的事，他無論如何都想親口問問世津。

芳雄嘆了口氣並回到現實。可能是藥物的關係，偶爾他的意識會突然中斷，沉浸在往日回憶的時間也愈來愈長。他滿腦子都想著世津，甚至忘了家裡有客人。

櫂站在這樣的芳雄身邊，眼前的落花生飯已經冷掉了，不再散發熱氣。加入當季落花生炊煮的白飯就算冷掉也很好吃，但芳雄還是沒有食慾。夜已經深了，沒理由把兩位年輕人留在這裡。

「今天真不好意思。」

芳雄再次道歉，想讓他們回家。

就在此時，有陣腳步聲從遠而近，聽起來輕輕柔柔的，是女人的腳步聲。芳雄頓時以為世津現身了，但當然是誤會一場。

是和櫂一同前來的年輕女性——琴子，而且是端著土鍋過來。放在托盤上的土鍋緩緩冒出熱氣，她似乎又重新做了一道料理。

感到驚訝的不只是芳雄，櫂也開口問道：

「二木小姐，這是……？」

「抱歉，我擅自作主，我想讓芳雄先生嘗嘗這道料理——」

都已經說了無法吞嚥，還想逼我吃東西嗎？芳雄顯得有些不悅，事到如今也不想強迫自己進食了。

「我剛剛不是說了——」

話還沒說完，芳雄就聞到了那股香味，鹹鹹酸酸的香氣竄入了芳雄的鼻腔。

「這、這是……？」

芳雄這麼問，琴子就一臉歉疚地說：

「這是梅干粥。」

如此回答後，琴子低頭道歉：

「對不起……我擅自用了櫥櫃裡的梅干。」

琴子使用的是充滿回憶的梅干。

——梅干對身體很好嘛。

世津成天把這句話掛在嘴邊，以前就經常聽別人說「一日一梅干，身體沒負擔」，比如看到梅干就會瘋狂分泌唾液，而唾液中含有抑制癌變物質毒性的效果。

「天天吃的效果最好。」

世津對這個觀念深信不疑。

琴子使用的是世津生前醃漬的梅干，她將庭院裡那棵梅樹結的梅子風乾，只使用鹽巴醃漬成白梅干。這樣的做法即使常溫保存也不會腐壞，市面上甚至還有醃漬二十年的梅干。

世津用這種梅干做了各式各樣的料理，每一道都讓芳雄印象深刻。

梅干拌柴魚片。

吻仔魚梅干拌飯。

梅干紫蘇豬肉卷。

每一道都十分美味。世津廚藝很好，也會為喜歡西餐的芳雄準備時髦的料理。

鮪魚紫蘇梅干義大利麵。

梅干起司披薩吐司。

也會將搗碎的梅干用酒和砂糖熬煮，塗在烤得酥香焦脆的吐司上食用。

「這個果醬很好吃耶。」

聽芳雄這麼說，世津不禁輕笑出聲。

「這不是果醬，是梅醬啦，很久以前就有這個食物了吧。」

據說是江戶時代就有的食物。看到芳雄欽佩的模樣，世津又笑了起來。

美食即生活。

生活即美食。

梅干充滿了無數回憶，梅干粥也是世津會做的料理之一。芳雄很容易感冒，到了冬天經常臥床養病，世津就會煮梅干粥給他吃。

「吃了這個就能康復。」

雖然沒食慾，但只有世津做的梅干粥能讓他下嚥，感冒也真的治好了。

「我幫您盛一碗。」

櫂這麼說。直到剛才都沉默不語的櫂，從琴子手中接過土鍋並打開鍋蓋。

熱氣一上升，梅干的酸香味變得更加濃郁，和甜甜的熱粥香氣一起竄入鼻腔。芳雄乾渴的口腔中開始分泌唾液，忍不住嚥了口口水。

「請慢用。」

櫂替芳雄舀了一碗粥，梅干果肉散布在純白的米粒中，兩者都美極了。

「啊啊……不好意思……」

芳雄輕聲嘀咕，並接過溫熱的飯碗，彷彿被梅干的酸味吸引般，用調羹舀起一勺放入嘴裡。

好燙，卻不到會燙傷的程度，是相當爽快的熱度，嘴裡頓時溫暖起來。

粥的口感十分綿密，連芳雄都咬得動。每咬一口，酸味十足的梅干和香甜白米的滋味就在口腔中瀰漫開來。

他們不是只準備了芳雄的份，往旁邊一看，只見身旁放了坐墊，還有一個裝著梅干粥的飯碗。芳雄知道那是世津的份，他吃得太過陶醉所以沒發現，但那應該是櫂跟琴子準備的吧。

回憶美食。

梅干粥正是芳雄的回憶美食。他把一整碗粥吃光光，真的很好吃，從頭到尾都讓兩人費心不少。

『謝謝……』

嗯？聲音怪怪的，聽起來有點含糊不清。芳雄以為自己喉嚨出問題，便咳了幾聲，但連咳嗽的聲音都很模糊，跟身體不舒服的感覺不太一樣。

往旁邊一看，發現櫂跟琴子消失了，他視線到處游移，想知道兩人到底去了哪裡，隨後才發現異狀。庭院和走廊都籠罩了一層濃厚的霧靄，而且現在明明是晚上，不知為何卻像朝霧一般；此外，明明眼前一片空白，只有月亮和梅樹異常清晰。

『發生什麼事了……』

芳雄無所適從地嘀咕道，這時卻聽見動物的叫聲。

『喵嗚～』

『黑尾鷗？怎麼可能。』

這個家離海很遠，從來沒有黑尾鷗飛過來。

但他確實聽到聲音，表示動物就在附近。芳雄用視線搜索黑尾鷗的行蹤，發現有隻貓坐在庭院前方，那隻白色胸口的銀色虎斑小貓看著芳雄的臉叫了一聲。

『喵～』

他聽過這個叫聲，長相和毛色也很眼熟。

『耳耳？』

芳雄說出了貓的名字，那是世津仍健在時養的貓。那晚颳著颱風，有隻小貓被大雨淋成落湯雞，在玄關前面喵喵叫。

——好可憐啊。

因為世津這句話，牠就變成了倉田家的貓，耳耳這個名字也是妻子取的，因為貓咪的耳朵很大。世津把小貓當成自己的孫子般疼愛。

但貓的壽命很短，一轉眼就趕過了人類，耳耳在世津發現罹癌的半年前就過世了。

死去的耳耳居然出現了，而且奇蹟不只如此，還有另一個讓人難以置信的現象。

『老公。』

有人出聲喊他，芳雄絕對不可能忘記這個聲音，而且聲音就在芳雄身旁，是從放著回憶美食的那個方向傳來的。

芳雄急忙循聲望去。

只見世津也出現在簷廊上，還坐在他身邊。

死去的妻子竟然出現在芳雄面前。

是妻子住院前的模樣，雖然白髮蒼蒼，但臉頰並不消瘦，還有些飽滿。

芳雄雖然驚訝，卻也接受了眼前的現實，以為世津是來迎接自己，想早點死去的願望實現了。

『才不是呢，別貿然下定論。』
只見世津搖搖頭，似乎明白芳雄的想法，用彷彿在斥責誤會的口氣這麼說。
『我不是來迎接你，你的陽壽未盡。』
『……這樣啊。』
芳雄頹喪地垂下肩膀，果然沒辦法死在這個家裡。
但芳雄沒有失望太久，他知道人生不可能總是盡如人意。
能見到世津就夠了，芳雄有話想對她說。
他想對世津說，我死後也想跟妳在一起，如果真有來世，希望妳能繼續當我的妻子。
其實這些話是想在世津還活著的時候說的，在醫院時芳雄好幾次都想告訴她，但直到最後都沒說出口。說不出口是有原因的，一方面是覺得害羞，但還有其他理由。
他們夫妻之間沒有孩子，而且一直沒能懷上，這都是芳雄的錯。小時候他發了一場高燒，就變成了不孕體質，醫生也做出了診斷。
芳雄本身不會因為沒有孩子而感到寂寞，但他不確定妻子是否想要孩子。
世津很愛小孩，在公園或超市看到小孩都會笑容滿面，有時也會看看夾在報紙裡的童裝傳單。芳雄甚至不敢開口詢問妻子。

雖然來世也想和世津在一起，但如果到時候還是生不出孩子，那就太對不起她了，又會讓她失望寂寞。思及此，芳雄就開不了口。

自己深愛著世津，希望她能幸福。

所以芳雄才無法表達愛意。有幾個夜裡他甚至想過，如果沒和世津相遇，沒跟她求婚就好了。

這股念頭再次湧上心頭，讓芳雄低下頭去，一想到自己害世津陷入不幸，他就難受到難以自拔，悲痛欲絕的他根本抬不起頭。夜晚總會勾起人們悲傷的情緒。

芳雄沒辦法抬頭，始終低著頭看著腳邊，不知是不是錯覺，霧靄漸漸變得稀薄，或許是世津對不爭氣的芳雄感到失望，想要回到靈界了吧。

就在此時，貓咪叫了一聲，是耳耳的聲音。

『喵～』

那種叫法像是在提醒，可能因為牠之前是流浪貓，對人的氣息十分敏感，每次有人來都會像這樣喵喵叫。

回想起往日的回憶，芳雄覺得有些懷念，但悲傷的情緒揮之不去。在芳雄難受地無法抬起頭時，忽然有個女性的聲音開口喊他，不是世津，也不是琴子。

趁熱吃吧。

芳雄嚇得抬起頭，他對這個聲音有印象，肯定沒錯，他聽到的是早已死去的櫂的母親・七美的聲音。

霧靄再次變濃，雖然能聽見聲音，卻看不見人影，但他知道七美就在這片濃霧後頭。

芳雄仔細觀望，試圖找出七美的身影，結果又聽見她的聲音。

要冷掉了喔。

這一刻他才回想起小貓料亭的傳聞，亡者雖然會現身，卻不能停留太久。只能在回憶美食冷掉之前才能見到重要之人，當食物不再散發熱氣，亡者就會消失。

時間有限，凡事皆有終，人的一生太短暫了。芳雄不想在人生的最後留下遺憾，而且死後也不見得能和世津成為同路人。
但他依然猶豫不決，生不出孩子的愧疚感影響他至深。
隨後七美的聲音又說道：
太太應該也在等你吧。
世津在等他？
在等待窩囊的自己會說什麼話嗎？
雖然不敢相信，但他想要相信。芳雄戰戰兢兢地看向世津的臉，發現她臉上帶著溫柔的微笑，不是失望的表情，似乎真的在等他。於是芳雄下定決心開口：
『到了那個世界後，也陪在我身邊吧。』
這就是他想對世津說的話，也是第二次的求婚。世津是他的初戀，而在人生最後一刻，他愛上的也是妻子。芳雄一直深愛著她，就算世津早已身故，芳雄依然愛著她。
芳雄說出這句話的瞬間，聲音就消失了，再也聽不到七美的聲音和耳耳的叫聲，現場的沉默如濃霧那般沉重。

但這股沉默很快就被打破了，世津開口道：

『事到如今你還在胡說什麼呀。』

嗓音雖然溫柔，卻也帶著幾分斥責芳雄的語氣。

妻子對丈夫繼續說道：

『夫妻是兩世姻緣，不管是死後的世界還是來世，我們當然都是夫妻啊。』

『那……』

『那還用說。』

世津點點頭，接著說道：

『我也有幾句話要告訴你。』

有你的生活真的很幸福。

我可以一直笑著過日子。

真的很謝謝你。

謝謝你喜歡上我。

謝謝你對這樣的我求婚。
謝謝你再一次跟我求婚。
我也深愛著你。
我最喜歡芳雄先生了。
我的丈夫永遠只有你一個人。

世津喊我的名字了。
她喊我芳雄先生。
她答應了我的求婚。
對我說愛我。
還說她最喜歡我。
芳雄的眼淚跌出眼眶，本想開口回覆卻泣不成聲，但他覺得好幸福，真的好幸福。真慶幸此生能遇見世津，能喜歡上妻子。

梅干粥已經冷掉了，世津來不及道別便消失無蹤，留下芳雄回到靈界。
但芳雄並不悲傷，因為他知道死後也能和世津結為夫妻，世津接受求婚後說的那幾句話仍言猶在耳。

芳雄摸摸自己的臉頰，剛才明明哭了，臉頰卻完全沒濕，朝霧也在不知不覺中消散。他往庭院看去，耳耳消失無蹤，也聽不見七美的聲音，變成櫂和琴子陪在他身邊。

「請喝熱茶。」

櫂替他泡了焙茶，茶的清香和熱氣一起緩緩上升。時間仍繼續流逝，就像什麼也沒發生過。

剛剛是在做夢嗎？

芳雄看著茶杯的熱氣如此懷疑，世津方才坐的坐墊上連一點凹陷也沒有，也沒留下任何痕跡。

芳雄疑惑地歪著頭時，琴子在他的肩膀蓋上毛毯，有些顧慮地說了聲「因為有點冷」。

「不好意思。」

道謝的同時，芳雄又聽見那個聲音。

『這些年輕人這麼照顧你，你可真是幸福呢。』

是世津的聲音，但芳雄環顧四周都沒看見世津的身影。原以為是自己聽錯了，下一秒世津的聲音又說道：

『做夢也好，幻聽也好，又有什麼關係呢？』

說得也是。

芳雄這麼想。不管是做夢還是幻聽都能和世津說上話，所以很幸福，芳雄感到十分滿足。

自己的時日也不多了，大概只剩三個月或半年吧，但他已經不會再求死了。死後若能見到世津，芳雄想跟她聊聊這段獨居生活。

今天的事、明天的事、後天的事。

只要還活著，就要把這一世的經歷刻進胸口，當成伴手禮帶到靈界送給妻子。世津深愛著這個世界，一定很想聽聽自己死後發生了哪些事，把這些事告訴她就是丈夫的義務，芳雄想親自告訴妻子。

芳雄的口才不好，也沒有三寸不爛之舌，說話經常結巴，但世津應該願意聽他說吧。在死後的世界還有好多時間，應該可以慢慢聊。這次他是真的沒有遺憾了。

這一切都要拜回憶美食所賜，也是兩位年輕人的功勞，所以最後芳雄抱著感激的心情對櫂和琴子說：

「你們願意收下世津醃漬的梅干嗎？」

他想讓兩人嘗嘗看，如果可以的話，也希望能用在小貓料亭的菜色中。

「這麼珍貴的東西——」

權不好意思收。他從以前就是拘謹又溫柔的孩子，父親離開後他就一直替母親幫忙，也沒有讀大學。

母親住院後，他每天都會來探病，母親的死應該對他造成很大的打擊吧，可是能安慰權的人並不是芳雄這種老人家。

「明天我就要回醫院，再也不會回到這個家了，把梅干留在這裡也只會被扔掉。」

拆除工程和賣屋手續都處理好了，他也請業者將剩下的東西全部丟掉，這是為了不讓自己太過留戀。

「要不要帶去醫院呢？」

權這麼說。正因為母親曾經住過安寧病房，權對病房的規矩相當熟悉。

安寧病房的主旨並非積極治療，而是緩解病患的痛苦，所以比普通病房更加通融。只要不會對身體有害，就可以吃自己喜歡的東西，向醫生提出請求的話，或許可以把梅干帶進病房。

但芳雄沒打算帶過去。就算在醫院裡吃梅干，世津也不會現身吧。

「我希望兩位能收下。」

與其自己帶著，分送給這兩位年輕人，世津應該會比較開心吧。

「那我就不客氣收下了。」

櫂這麼說，琴子也慌慌張張地低下頭。

「非常謝謝您。」

芳雄鬆了一口氣，確定梅干的去處後，他感到心安，彷彿完成了最後一項工作。

『真是小題大作，還以為在幫女兒找夫家呢。』

這句話和世津的笑容同時浮現腦海。妻子總是笑臉迎人，連臨終的那一刻都帶著笑容。

人類在悲傷時也能展露歡顏，可以為了某人而笑，就是人類的特別之處吧。

「謝謝。」

芳雄對今生的一切道了聲謝，然後笑了。

小貓料亭特製料理

梅干果醬（梅醬）

材料

- 梅干　8 粒（參考值）
- 酒　適量
- 砂糖　適量

步驟

1　將梅干泡水靜置一晚去除鹽分。
2　將 1 的梅干去籽後，用菜刀剁碎，有器具的話可以過篩一遍。
3　把 2 放入鍋中，加入酒及砂糖後加熱，注意不要燒焦，不斷攪拌即完成。

重點

可以用味醂代替酒，用寡糖或麥芽糖代替砂糖。改用味醂的話，請依個人口味調整砂糖用量。

小貓與
定食店的員工餐

ちびねこ亭の思い出ごはん

上總和牛

雖然是霜降肉，但吃起來十分爽口，是相當受歡迎的牛肉種類。由於熔點較低，可以享受到在舌尖上化開的口感。

此外，在君津市的「上總和牛工房」可以吃到古早肉舖的可樂餅、炸肉餅、漢堡排，還有壽喜燒、牛排、炙燒和牛等料理。

櫂手邊有一本筆記本。

裡頭寫著食譜和常客的資料，琴子哥哥和芳雄的名字也在上面。寫下這些資料的人不是櫂而是母親，是從小貓料亭開業後就開始記錄的筆記。

母親會趁著工作空檔或打烊後在店裡的桌上書寫，不管多累都不會落下這個每日功課。

櫂曾建議她可以休息一會再寫，母親卻不同意。

「忘了就糟了。」

不久後母親發現罹癌，便把這本筆記託付給櫂。

「小貓料亭的資料都寫在這裡。」

或許是考量到自己可能會發生意外，才為了兒子製作這本筆記吧。

筆記內容淺顯易懂，所以櫂才能繼續把這間店做下去，裡面記載了小貓料亭的一切。

「我會健健康康回來，小貓料亭就拜託你囉。」

忘記是哪一次準備住院時，母親對權這麼說。她的癌症已經惡化到手術無法治療的程度，但還是可以到附近的超市逛逛。

「我會馬上回來。」

聽到母親這麼說，權沒有回應。母親住的是安寧病房，不是以治療為目的，醫生甚至對他說母親很可能不會再出院了，要他做好心理準備。

見權一直沒有回答，母親這次轉而對小貓說話。

「小不點，你也要乖乖的喔。」

「喵～」

小貓乖乖回答，看起來像是在點頭一樣。貓真是不可思議的動物，有時候真覺得牠們聽得懂人話。

母親繼續和小貓對談。

「要幫我照顧權喔。」

「喵～」

小貓認真回答，彷彿在說「包在我身上」，看牠的表情，好像把自己當成夠格的監護人。

權當然不可能被小貓照顧。雖然只是母親的玩笑話，其中卻隱含了對權的擔憂，比起普通的孩子，櫂更讓母親憂心。

二十四年前，櫂尚未足月就被生了下來，不知是不是這個原因所致，他的身體非常虛弱，甚至被醫生懷疑能不能活到成年。

為了讓他健健康康長大，父母費盡了心力，不但帶他去看醫生，還為他向神明祈求。不只是神社或寺廟，每到盤月時期也會向上弦月祈禱。

「請保佑這孩子健康茁壯。」

父母的心願成真，櫂一天天健康起來，不知從什麼時候開始也不太會感冒了，也順利長大成人。

但相對地，這個家失去了父親，他出海之後就再也沒有回來，櫂甚至覺得他的健康體魄是用父親的命換來的。

失去父親後，母親開始經營小貓料亭，只因為當時養了一隻小貓就取這個店名，聽起來有點奇怪，但也讓客人留下深刻的印象。

「我本來要取『黑尾鷗食堂』，但全國各地都有類似的店名。」

母親這麼說，附近確實也有食堂採用這個店名，雖然是不錯的名字，但可能會和其他店家搞混。

順帶一提，當時養的那隻貓在櫂國中時就死了，應該是壽命已盡，某天忽然就不動了。

之後雖然在沒有貓的狀態下繼續經營，但在母親住院前半年左右，第二代小不點就來到家裡了，當時牠被人丟在海邊，被母親撿回來。

「我們是小貓料亭嘛，還是得養貓才行。」

母親說著這種話，又摸摸剛撿回來的小不點的頭，小貓也露出幸福的表情。

店裡生意非常好，還有餘裕飼養小貓，這都是拜不可思議的陰膳——也就是回憶美食所賜。

原先是母親為了父親製作的陰膳，卻被當成悼念亡者的料理廣為流傳，據說吃下回憶美食就會發生不可思議的現象。

能喚起往日的回憶。

能和想悼念的亡者說上話。

有時亡者甚至會出現。

但一切都是傳聞，母親和櫂都沒見過亡者，也沒聽見他們的聲音。櫂曾經因為想念父母做了回憶美食，但他們沒有出現。

母親去世後，就沒有需要等待的人了，他已經完全放棄尋找父親的下落。離開這個小鎮吧。

帶著小不點去旅行吧。

櫂下定決心，等尾七儀式結束後，他就計畫要離開這個小鎮，而且辦完母親的葬禮後，他就把放在店門口的黑板文字擦掉了。

小貓料亭

提供回憶美食

猶豫了一會，他把小貓插圖也擦掉了，乾乾淨淨不留一點痕跡。

文字和插圖原本都出自母親之手，但只要粉筆字跡變淡，櫂就會把字跡加深，最後幾乎變成櫂的作品了。

這塊黑板也充滿了回憶，不過已經決定要歇業，往後也不需要黑板了，櫂打算把黑板跟店面一起處理掉。

在店門掛上「已歇業」的牌子後，就沒事可做了。母親在世時他就很少看電視或上網，這種時候也沒有特別想見的朋友。不，其實他想見一個人，但她不是朋友只是客人，而且也已經道別了。

因為沒事做，他本來想睡一覺，結果直到凌晨之前都沒闔眼，這是開店時養成的習慣。

母親還在的時候，小貓料亭不是早餐專賣店，也有販售午晚餐，是櫂更改了營業時間。因為下午想去醫院探望母親，才改成只在早上營業，他想盡可能跟母親多多相處。

起初他本來想改成只在晚上營業，但他決定尊重母親重視早餐的觀念。

「早餐是一日之始，我想為人們嶄新的一天加油打氣。」

這是母親的口頭禪。附近的煉鐵廠也有值夜班的員工，有人會在下班後過來用餐，所以必須準備早餐。

但這一切都結束了，再怎麼苦等母親也不會回來，能在一起的時間已經結束了。

「差不多該吃飯了……」

這天早上櫂輕聲嘀咕道。不是自己的吃飯時間，是餵貓的時間。

小不點睡在母親房裡，母親的遺物上頭還留有她的味道，小不點可能覺得被遺物包圍很安心吧，有時也會在毛毯上踩踏。聽說貓咪踩踏毛毯或棉被是基於對母親的眷戀，牠可能把櫂的母親當成真正的媽媽了吧。

但牠也不會一直待在母親房裡，一早就會起床到食堂吃飼料，這是牠來到這個家以後養成的習慣，現在也比權還要早起。

權還有些迷糊，不知不覺已經早上八點多了，小不點應該餓了吧。

權起身往食堂走去。窗戶的鐵捲門拉下來了，所以店內一片昏暗，只能聽見古老大鐘的時針走動聲。

——真奇怪。

他會這麼想，是因為感受不到小不點的氣息，平常牠都會纏著權不放，現在卻連叫聲都聽不見。

權把燈打開，但還是沒看見小不點。沒有在古老大鐘旁邊，也沒有在桌子底下。

「小不點。」

喊完名字也是一片寂靜，看來不在食堂裡。為了保險起見，包含母親房間，權把家裡巡了一遍，但到處都沒看見小不點。

該不會又跑出去了吧？

這個家的某處似乎有個只有貓能通過的縫隙，小不點馬上就能鑽出去，牠很愛往外逃。

因為牠不會跑到比門口黑板旁邊還要遠的地方，權就採取放任主義。以往權從不擔心小不點碰上交通事故，但已經決定要離開這個家了，還是得禁止牠外出才行。

權回到店裡打開大門，此刻天色全亮，臨海小鎮已經迎來早晨。天空是一望無際的藍，空氣也很清新，還是一如往常的景色。

可是小不點不見了，店門口只有擦去粉筆字跡的黑板，沒看見小貓。

牠去哪裡了？

小不點好奇心很旺盛，說不定看到海鷗或黑尾鷗就追上去了。事到如今權才對自己採取放任主義感到懊悔，父親失蹤，母親離世，要是連小不點都不知所蹤，他就變成孤零零一個人了。

不安情緒湧上心頭，權忍不住衝了出去。總覺得再也見不到小不點了，感覺牠隨著母親離開了。

「小不點！」

權在貝殼小路上狂奔大喊，結果聽到了回應。

「喵～」

是從有點遠的地方傳來的，權停下腳步認真聆聽，就聽見腳步聲。那是人類的腳步聲，還漸漸往這裡走來。

「喵～」

小不點的叫聲也由遠而近，隨後才終於現身。原來是琴子，她抱著小不點出現在櫂的眼前。

「我又來了。」

「為什麼……」

櫂疑惑地問。明明已經跟她說要歇業，決定收手不做，沒想到她還是來了。

「我來幫你做早餐。」

這就是琴子的回答，她看著櫂的臉繼續說道：

「讓我替福地先生做早餐吧。」

簡直就像求婚。

思及此，琴子就面紅耳赤。雖然害羞，但琴子沒有收回自己說的話，她是抱著決心才會來到這裡。

上一次來小貓料亭是做落花生飯的時候，但其實琴子昨天也有來這個小鎮，不是來見櫂，而是去探望回到安寧病房的倉田芳雄。

芳雄吃了刨冰，安寧病房的患者可以自由享用刨冰，因為是含在嘴裡融化再吞下去，不會噎住喉嚨又能攝取水分。

芳雄一口一口吃著淋上草莓果醬的刨冰，並把櫂的狀況告訴琴子。

「親人過世之後，應該會胡思亂想吧。」

正因為是小貓料亭的常客，芳雄才對母親亡故的櫂感到憂心。

「妳要支持他才行。」

芳雄這麼說，似乎誤以為琴子是櫂的戀人，琴子本想否認，芳雄卻無意聽她說話，喃喃自語般說了起來。

「我真的受小貓料亭很多關照，有一次我在打烊時間去了……」

當時世津還在住院，芳雄本來想在探病結束後去一趟，結果營業時間早就結束了。

「招牌呢……」

芳雄輕聲嘀咕，準備掉頭折返時，門鈴就發出喀啷喀啷的聲音，隨後七美走了出來，似乎看到了芳雄。

「請進來吧。」

她將有些顧慮的芳雄邀進店裡。

「不過只剩下這些了。」

七美有些歉疚地說，並端出員工餐招待芳雄，看起來是家人們吃的家常菜。

「那頓飯真是好吃啊……」

芳雄在安寧病房的床上這麼說，這便是契機，琴子想準備這道料理。

不知道能不能做成功，櫂可能會覺得她多管閒事，琴子也知道自己這麼做有些逾矩。

儘管如此，琴子還是想為他做飯，想回報櫂的幫助之恩，也想給受傷的櫂一點勇氣。

櫂餵小不點吃飯後，和琴子一起喝茶，兩人都一言不發。

他們就這樣沉默地坐了一會，但等到小不點在搖椅上縮成一團時，琴子站了起來。

「我去買東西。」

她似乎是看準了開店時間。

「要陪妳去嗎？」

櫂這麼問，但琴子婉拒了。

「我可以一個人去。」

於是她就出門了，琴子真的要為他做早餐。雖然他確實希望琴子別管自己，但他更好奇琴子會做出什麼料理。

琴子在芳雄家做的料理，喚起了芳雄的回憶。雖然櫂什麼也沒看見，但聽說芳雄死去的妻子──世津出現了，還跟芳雄聊了幾句。

吃了琴子的料理後，自己也能見到亡者嗎？

也能見到母親嗎？

小貓料亭被稱為可以喚起與重要之人回憶的食堂，據說只要吃下回憶美食，不但能聽見與死者的聲音，還有可能現身。

櫂也順著這則傳聞繼續製作陰膳，但其實他不認為死者真的會現身，而是用其他方式解讀這個現象。

應該是回憶美食刺激了人們的記憶，進而產生了幻覺吧。現身的死者只說生者想聽的話，他覺得生者看見的並非真正的死者，只是他們想像的產物。

但這樣也不錯，不管是幻覺或白日夢都好，他很想見母親一面，希望能在離開這座小鎮前再跟母親聊上一回。

「你不這麼想嗎？」

櫂對窩在搖椅上的小不點這麼問，小不點就用昏昏欲睡的表情回答：

「呼喵啊～」

牠發出很像哈欠聲的叫聲，還一臉無所謂的模樣，讓櫂有些窩火。

「你不這麼想啊？」

櫂繼續逼問小貓，這時門鈴喀啷喀啷響了起來，小貓料亭的門也隨之敞開。

「我回來了。」

原來是琴子回來了。

櫂把店裡的廚房借給琴子。

「真的可以嗎？」

「可以，這裡已經不是食堂了。」

畢竟都要歇業了，這樣就跟出借自家廚房沒兩樣。因為瓦斯水電還沒停掉，應該都可以正常使用。

「那我就不客氣借用了。」

琴子猶豫了一會，便將包包放在牆邊的椅子上走進廚房，櫂跟小不點並沒有跟著她進去。

時間緩緩流逝。

經過三十分鐘左右，琴子拿著鐵鍋和卡式爐回來了，似乎想在桌邊製作料理，還帶著蔥段和牛肉。

「我買了上總和牛。」

琴子這麼說。這是當地的品牌牛，脂肪熔點低，不必煮到全熟狀態也能享受到在舌尖融化的口感，所以雖然是霜降牛，吃起來也很爽口。

順帶一提，據說千葉是日本酪農的發祥地。根據千葉縣官方網站記載，江戶時代的八代將軍德川吉宗進口了印度產的白牛，在千葉縣的嶺岡牧場（現在的南房總市）飼育並製造出白牛酪（類似現在的奶油），就是日本酪農的起源。

琴子似乎想用這個上總和牛製作料理，看她使用鐵鍋、牛肉和蔥，櫂雖然能想像到她要做什麼料理，但為了保險起見還是姑且一問。

「妳要做什麼？」

「壽喜燒。」

琴子給出了意料之中的答案。

「馬上就做好了。」

說完，琴子就開始料理。她先將醬油、酒及砂糖放進水裡攪勻，再把醬汁倒進雪平鍋加熱做出壽喜燒高湯。之後又加熱鐵鍋融化牛油，將蔥煎至微焦狀態，最後加入壽喜燒高湯和牛肉加熱即完成。

「這是關東口味的壽喜燒吧。」

用醬汁煨煮是關東風格，用牛油煎烤是關西風格。雖然這只是櫂的個人觀點，但他覺得後者的做法比較像燒肉。

「對，我家是關東口味。」

琴子回答道。這跟櫂家的口味一樣。

聊著聊著，鍋子裡也發出咕嘟咕嘟的燉煮聲，飄散出砂糖醬油的鹹甜氣味和牛肉煮熟的香氣。

小不點用鼻子嗅了嗅，朝著琴子叫了一聲。

「喵～」

似乎是在提醒琴子該起鍋了，琴子似乎也這麼想，便向小不點道謝。

「嗯，差不多了呢，謝謝。」

琴子替櫂在分裝小盤中攪散生蛋，並為他夾了幾片牛肉。

「請慢用。」

「不好意思。」

櫂接過盤子看了牛肉一眼，雖然還有點生，但上總和牛不要煮到全熟才好吃，就像小不點說的，現在就是最佳品嘗時機。

「我要開動了。」

櫂向琴子低頭致意，將裹上生蛋的牛肉放進口中。上總和牛的肉質柔軟到入口即化，十分鮮甜。

牛肉裹滿了砂糖醬油的醬汁，兩者又被蛋黃包覆，溫醇又多汁，完全襯托出肉的鮮美。

真好吃，火候和調味都無可挑剔，完全不輸他過去吃過的壽喜燒，也很接近母親做的壽喜燒口味。

可是不一樣。

不是這個。

這不是櫂的回憶美食。

壽喜燒雖然是小貓料亭的人氣餐點，卻不是會出現在餐桌上的家庭料理，早餐、午餐、晚餐都沒吃過。他沒有勾起母親的回憶，也沒聽見母親的聲音。

「二木小姐，不好意思——」

失落的櫂才正要放下筷子，但現在失望似乎還太早了。

「差不多該準備了。」

琴子這麼說。櫂都已經在吃壽喜燒了，她卻說了這句話。

隨後她將白飯添進碗公，再用湯勺舀起壽喜燒醬汁淋在碗公裡的白飯上。牛肉已經被鐵鍋的餘溫煮至全熟，蔥段也變得軟爛。

「這是壽喜燒蓋飯。」

說完，琴子就將碗公端給了櫂。

櫂無法回話，只是直盯著那道料理看。壽喜燒蓋飯有著他與母親的回憶。

為員工準備的料理就是「員工餐」。

小貓料亭是家族經營的店家，沒有雇用工讀生，但打烊後會吃類似員工餐的餐點，比如壽喜燒蓋飯。

壽喜燒是小貓料亭的人氣餐點，不管是回憶美食還是一般餐點，都有很多客人點餐，所以母親會進貨很多食材。

打烊後，母親就會為櫂準備壽喜燒蓋飯。因為只是剩菜，肉片已經不多，不適合當成壽喜燒用鍋子吃。

除了櫂和自己的份之外，也有父親的餐點。櫂和母親並肩坐在四人座的餐桌，將陰膳放在對面，在一家團圓的氣氛中用餐，那是打烊後的放鬆時光。

櫂像這樣回想起往事時，琴子小心翼翼地問：

「那個……」

琴子一臉為難，因為櫂並沒有接下她端過去的碗公。

「抱歉，我剛剛在發呆。」

櫂向琴子道歉並接過碗公，沉甸甸的碗公還十分溫熱。

「我要開動了。」

又說了一樣的臺詞後，櫂夾起蔥段，完全吸飽牛油和砂糖醬油的蔥段被燉煮得相當軟爛。蔥經過充分加熱，多餘的水分被煮乾後，甜味就會上升，在吃之前就已經快要融化似的。

櫂嚥了嚥口水，母親死後他一直沒有食慾，現在卻忽然飢腸轆轆，渴望品嘗吸飽牛油的鹹甜蔥段。

旁邊雖然放著一味辣椒粉，但櫂決定不撒粉直接吃，並將蔥段放入口中。咬下的那一瞬間，滋味便迸發開來，蔥段充滿了牛肉、醬油和砂糖的味道，壽喜燒的美味精華都濃縮其中。

好懷念的味道，彷彿被這股滋味和香氣吸引般，母親過世那一刻的記憶重返櫂的腦海，那是一段悲傷的回憶。

櫂向照顧母親到最後一刻的醫生和護理師道謝，他們低頭致意後便走出病房，只留下櫂和母親。

「謝謝你們的照顧。」

醫生和護理師離開後，櫂在病房裡看著母親的臉，她的神情十分安詳，完全不像癌細胞轉移全身的模樣，沒有一絲痛苦，就像在睡覺一樣。如果他喊一聲「媽媽」，母親似乎還會醒來。

櫂沒有開口，而是撫摸母親的臉頰，臉已經變得冷冰冰的，當然也不會再睜開眼睛。

「已經走了啊。」

櫂輕聲呢喃，過去的往事就像走馬燈般閃現腦海。某天母親躺在安寧病房，把眼鏡交給了櫂。

「我暫時用不到了，可以幫我保管嗎？」

母親很喜歡看書，住院後也繼續保持閱讀習慣。但不知從何時開始，她甚至無法從病床上起身，別說看書了，連飯都沒辦法吃，只能仰賴點滴。

母親沒有喊苦，那時候也是用玩笑般的口氣繼續說道：

「等我病好了回到家以後，我還要看很多書，所以先放你那裡吧。」

權也知道母親是把眼鏡當成遺物交給他，母親已經準備好面對死亡，決定在這間醫院迎接人生的終點。思及此，權的眼淚差點跌出眼眶，但他努力裝出開朗的聲音反問道：

「在媽媽回家之前，我可以戴這副眼鏡嗎？」

雖然權沒有近視，但他想換掉鏡片使用，想營造出母親還在身邊的感覺。

「可以啊，但別弄壞喔。」

母親雖然笑著說，聲音卻有些嘶啞，小到幾乎要聽不見。雖然也有可能受到戴著氧氣罩的影響，但她似乎連說話都很困難。

儘管親眼見識到母親的病況，權的內心某處還是相信奇蹟會發生，相信母親會恢復健康，相信母親會回家，繼續跟他一起生活。

然而奇蹟並沒有發生，母親的病沒有痊癒，壽命無法延續，變成無法言語的屍體回到小貓料亭。

負責看家的小不點看著動也不動的母親的臉，「喵～」地叫了一聲，似乎在跟母親說話。牠看著遲遲沒有回應的母親，一臉不解地歪著頭。

「媽媽死掉了喔。」

權想把這件事告訴小不點，眼淚卻滑落臉頰。母親的死——已經不在人世的事實，重重壓著權的胸口。

他沒時間掉淚，還得處理喪葬後事。請僧侶為母親誦經，在火葬場讓母親火化。

權本來想跟小不點「兩個人」一起為母親送行，卻沒辦法把小不點帶到火葬場。權一個人撿骨，將母親借他的眼鏡一起放進骨灰罈，鏡片也換回母親平常使用的度數了。

權向骨灰罈雙手合十獻上祈禱。

希望母親在靈界能自由順心。

希望母親可以讀很多書。

希望母親能無憂無慮。

明明不相信死後的世界，也覺得靈界不存在，權卻為母親祈禱在靈界能過上幸福的日子，希望她在無病無痛的靈界可以廣讀最喜歡的書籍。

權把壽喜燒蓋飯吃完了，雖然肉也很好吃，但吸飽醬汁的白飯更是美味。

「真的很好吃。」

櫂放下碗公和筷子，吃完了這頓飯。不知何時對面的座位上已經放了回憶美食——母親那份壽喜燒蓋飯，但也已經冷掉了，沒有再冒出熱氣。

吃了壽喜燒蓋飯後雖然想起了母親，母親卻沒有現身，也沒有跟他說話，果然奇蹟不會發生在自己身上，櫂失落地垂下肩膀。

琴子帶著迫切想問的表情看著他。告訴她什麼都沒發生吧，在櫂才這麼想的時候——

「喵～」

小不點卻叫了一聲，聽起來像在撒嬌。櫂循聲望去，發現小不點移動到店的角落——也就是琴子放包包的地方，牠跳上椅子將鼻子湊近琴子的包包後，又叫了一聲。

『喵～』

雖然叫聲跟剛剛一樣，聲音卻變得含糊不清，難道感冒了嗎？櫂有些憂心地詢問小不點：

『怎麼了？』

令人驚訝的是，連自己的聲音也變得模糊。奇怪的還不只如此，琴子的包包竟開始綻放出耀眼的光芒。

權眨了眨眼，那道光卻越來越強烈將權包圍，徹底覆蓋住他的全身上下。

就像身處在光芒當中，彷彿整個世界出現了光暈現象。

可是卻能看見眼前的景象。

整間店都被朝霧籠罩。

『這到底是……』

本想跟琴子說話，她的身影卻消失了，明明幾秒前還在，現在卻無影無蹤。

然後，他聽見小貓料亭大門開啟的聲音。

喀啷喀啷。

有人走進店裡。雖然因為刺眼光線和朝霧看不清楚，但感覺是女性的人影。

不會吧——疑惑才浮上心頭，小不點就用撒嬌的聲音『喵』了一聲，走到門邊迎接。

隨後，走進店裡的女性臉龐變得清晰可辨，她戴著權不久前還戴著的眼鏡。

『……媽。』

權開口說道。本該死去的母親居然回來了。

『我回來了。』

母親這麼說。小不點跑到母親腳邊用身體磨蹭，似乎想將自己的味道蹭到最喜歡的母親身上。

母親對撒嬌的小不點說：

『你好像有乖乖聽話呢。』

『喵～』

小不點挺起胸膛回答，對自己乖巧的舉止充滿自信。母親摸摸牠的頭，牠就心滿意足地回到搖椅上。

母親在權入座的餐桌對面坐了下來，看著往上飄的些微熱氣問：

『你有話想跟我說吧？』

『……對。』

權回答並心想「原來回憶美食的傳聞是真的」，那就沒時間發呆了。重要之人回來後，能停留在人世的時間僅限料理冷掉之前，壽喜燒蓋飯已經開始在變冷了。

權將心裡想說的話告訴母親。

『我想讓小貓料亭結束營業。』

說得十分明確。

『你想離開這個小鎮吧。』

母親明白櫂的心情，也知道他想帶著小不點一起去旅行。

這間店是母親的寶物，櫂對歇業的決定感到愧疚，於是低頭道歉。

『對不起。』

但母親沒有生氣。

『不必道歉呀，但你要保重身體喔。』

母親說的話和聲音都好溫柔，跟在世時一模一樣。以前每當櫂生病，母親會整晚不睡陪在身邊照顧他，有時還會背著櫂去醫院。

想起母親背上的溫度，眼淚就快掉下來了，母親明明對他這麼溫柔，自己卻沒有任何付出。

至少不要哭吧。

孩子掉眼淚，父母在靈界也無法安息。

別讓母親擔心。

櫂這麼想並拚命忍住眼淚，母親卻開口說：

『哭也沒關係，每個人都需要一個哭泣的地方。』

母親用溫柔的嗓音這麼說，用講述般的口吻繼續說著。

離開這座小鎮後，如果遇到難過的事——痛苦到無法忍耐的時候，你可以回來這個小鎮流淚。

因為這裡是你出生的地方。

是爸爸媽媽居住的小鎮。

就算把店收起來不做了，也依然是你的故鄉。

你可以在這裡盡情哭泣。

『媽……』

『怎麼了？』

母親回問道，櫂卻無法回答，只是一直掉眼淚。他低頭哭了起來，母親便用手摸摸他的頭。

隨後他的心情便平復許多，像童年時期那樣平靜舒暢，母親似乎就在等這一刻，於是站起身。

『我該走了。』

櫂看向桌面，壽喜燒蓋飯的熱氣已經消失了，亡者能留在人世的時間僅限於回憶美食冷掉之前，返回靈界的時刻已然到來。
明知如此，櫂還是不想和母親道別，不想再孤零零一個人——和小不點相依為命了。於是他向母親哀求道：
『媽，拜託妳不要走。』
『那怎麼行呢。』
母親答得有些歉疚，看向小貓料亭的門口方向低語道：
『有人來迎接我了呀。』
『迎接？』
櫂重複母親的話回問，下一秒就聽見喀啷喀啷聲，這是小貓料亭大門開啟的聲音。
循聲望去，有個男性人影站在那裡，男人的五官跟櫂十分相像，身材也很高眺，彷彿站在光與霧的包圍之中。
還來不及多想，櫂就開口了，他知道那個人是誰。
『爸……』
明明暌違了二十年，他卻知道那個人就是爸爸。男性人影點點頭證實了權的說法，確實是父親沒錯。

權想跑過去，身體卻動彈不得，好像被鬼壓床一樣連站都站不起來，無法靠近父親。

『對不起啊，權，規矩似乎是只能見一個人，他沒辦法跟你說話。』

母親把原因告訴他。可能連走到門邊都是違反規則的行為，他一定是不顧神明反對，還是想讓權看看自己的臉吧。

母親走到父親身邊，在門口停下腳步，再跟父親一起看著權的臉龐。這一刻是真的要離別了。

權下定決心，與其開口抱怨，有句話他非說不可。

『爸、媽，我很慶幸能成為你們的孩子。』

他說：我現在也很幸福。

父母笑容滿面地回答：

『我們也是喔，權……再見。』

留下最後一句話，父母就走出小貓料亭。聽到喀啷喀啷的聲音後，朝霧也散去了。

琴子一直盯著權看，她抱著製作回憶美食的期望做了壽喜燒蓋飯給權，權吃完之後卻像被凍住一樣動也不動。

向他搭話也毫無回應，彷彿根本聽不見琴子的聲音。

「那個……」

母親現身了嗎？

琴子定睛細看，卻看不見類似的情景。琴子的哥哥出現時店內滿是朝霧，古老大鐘的指針也停擺，現在卻感受不到任何異狀。

小不點還蜷縮在搖椅上，好像在做夢，時不時會發出「喵～」的夢囈聲。

奇蹟還是沒有發生嗎？

但權的狀態真的不太對勁，琴子也無從確認，只能默默地盯著他看。

時間緩緩流逝，不久後壽喜燒蓋飯也冷掉了，這時權似乎呢喃著什麼，卻沒有傳入琴子的耳中。權移動視線看向出入口大門，嘴巴微微顫動著。

……你們的孩子。

權似乎是這麼說的，但琴子聽不清楚。他眼中含淚，表情卻十分平靜，看起來心滿意足。

琴子泡了杯綠茶放在桌上。

「請喝茶。」

權隨即回答：

「謝謝。」

是十分冷靜的嗓音。琴子看著他的臉，發現淚水消失了，也沒有抹擦的痕跡，剛剛那種泫然欲泣的模樣，或許是琴子的錯覺吧。

權喝了一口茶就將茶杯放下，並對琴子說：

「謝謝招待。」

看樣子是吃完了。雖然不知道權身上發生了什麼事，但權吃了琴子為他做的飯，那琴子就沒理由繼續留在這裡了。不，還有一件事，琴子想起自己準備了某個東西要送給權。

她拿起自己的包包取出紙袋，並將紙袋遞給權。

「那個……這個……」

雖然琴子的聲音細若蚊蚋，但紙袋上貼著蝴蝶結貼紙，一看就知道是禮物。權露出意外的神情。

「給我的嗎？」

「對。」

琴子點點頭，臉頰卻變得通紅。這是她第一次送禮物給家人以外的男性，既害羞又緊張，手好像也在發抖。

「你願意收下嗎？」

琴子發問的聲音都破音了。

被拒絕的話怎麼辦？

如果他不接受怎麼辦？

事到如今她才在煩惱這種事。雖然送出禮物，琴子卻滿腦子都想逃離現場，她害怕聽權的回覆，也不敢看權的臉龐。

但權沒有拒絕，收下了琴子的禮物。

「謝謝。」

向琴子道謝後，權又問道：

「我可以打開嗎？」

「可……可以。」

見琴子點點頭，權就打開紙袋拿出禮物。

「是眼鏡啊。」

這就是琴子送的禮物，她選了跟權之前戴的眼鏡很相似的款式。

芳雄告訴琴子，權之前戴的那副眼鏡原本是他母親的。送了款式相近的眼鏡，可能是有些逾矩的行為，就算被權退回，琴子也不敢吭聲。可是權非但沒有生氣，還說了句不可思議的臺詞。

「剛剛就是這個啊……」

「剛剛？」

琴子不禁反問，權卻沒有特別解釋。

「沒什麼，我只是在自言自語。」

權輕輕搖搖頭，並在琴子面前戴上眼鏡。

「很剛好呢。」

權露出一抹微笑，眼鏡和笑容都很適合他。

看到他的笑容，琴子才鬆了口氣，這樣任務就全部達成了，再來只要搭電車回家就好。

她有她的人生，權也有權的人生，這是再正常不過的道理，卻讓琴子覺得相當寂寞。

雖然想邀請權來看舞臺劇，但她不知道權接下來想去哪裡，所以也不好開口，而且權才剛喪母，她也沒有勇氣邀約。

「那我先告辭了——」

當琴子打聲招呼準備回家時。

「喵～」

小不點叫了一聲，本來在睡覺的小貓忽然起身看向權。

權可能真的聽得懂貓語吧，他回答道：

「也對。」

接著他再次看向琴子，用平常那種恭敬的口吻說：

「勞煩您為我下廚，還收了您贈送的眼鏡，讓我有點難開口，但我有一個要求，能請您幫幫我嗎？」

「好……好啊，在我能力範圍內都可以。」

見琴子同意後，小不點就用力搖搖尾巴，雖然不太明白，但似乎是鬆了口氣的反應。權也如釋重負地開口說：

「謝謝，那麼——」

權起身走向小貓料亭門口，小不點也將尾巴尖端彎成U型跟在他後頭。

琴子不知所措地看著他們，小不點就轉頭叫了一聲。

「喵～」

發現小不點要她趕快跟上後，琴子便追上「那兩個人」的腳步。

來到食堂門邊時，權像一流飯店的門僮般為琴子開門。

喀啷喀啷。

門鈴響了，室外的空氣流了進來，十一月的海風雖然有些寒意，拂過臉頰卻相當舒服。

美麗的內房風景在眼前拓展開來，琴子看見她跟權初次相識的沙灘，白色貝殼鋪設的小路往前延伸，聽得見浪濤和黑尾鷗的叫聲，天空是一望無際的藍。

還以為權是要讓她看這片景色，沒想到權的視線望向其他地方，他看著腳邊，也就是店門旁。

那裡放著一塊黑板，這塊黑板原先是取代招牌的用途，上頭卻沒有粉筆書寫的文字，看似小不點的小貓插圖也消失了。

小不點乖巧地坐在黑板前，擺動尾巴和耳朵，用催促的態度對權叫了一聲。

「喵～」

「嗯嗯，我正要寫呢。」

權回答小不點後，就從黑板的凹槽處拿起粉筆，開始寫下文字。

小貓料亭

提供回憶美食

用白色粉筆描繪的文字好美，就像飄在藍天中的白雲。不是在原本的文字上加深描摹，而是活潑又奔放的字體，這就是櫂原本的字跡吧。

「喵？」

小不點叫了一聲，彷彿在問「這樣就結束了嗎？」櫂笑著說：

「我知道啦。」

櫂揮動粉筆又寫下一行字。

本店有貓

這行字寫得比之前還要大，就像在突顯店裡有貓的事實。

「喵～」

看了文字後，小不點發出滿意的叫聲。

櫂輕笑幾聲後又對琴子說道：

「我不打算歇業了。」

「真……真的嗎？」

「是啊，我要繼續經營小貓料亭。」

「……太好了。」

琴子打從心底感到安心，隨後權又問道：

「您願意再來這裡用餐嗎？」

「那當然！」

琴子也聽出自己的聲音十分雀躍，又可以品嘗權做的料理，又可以跟他見面了。

正當琴子感到心滿意足時，權用切入正題的語氣開口道：

「我的要求就是——」

雖然差點忘了，但權確實說有事要請她幫忙，才會走到店外面。

「……是什麼呢？」

琴子無法想像權要拜託她做什麼，小心翼翼提問，結果權將粉筆交給她說：

「請在這塊黑板畫上小不點的插畫。」

「咦咦！我、我不會啦！」

琴子根本不會畫小貓插圖，絕對辦不到。如果只是要隨意塗鴉也就算了，但這可是取代招牌的黑板啊。

琴子不肯收下粉筆並搖頭拒絕，可是小不點和權也不肯退讓。

「喵～」

「拜託您。」

拜託也沒用啊，辦不到就是辦不到。琴子很想逃離現場，權卻用堅定的聲音繼續說：

「我希望您——琴子小姐能幫我繪製插圖。」

琴子小姐。

權用這種方式稱呼她，第一次只用名字稱呼她。明明是這種時候，琴子卻面紅耳赤，於是她低下頭試圖掩飾。

結果權也用慌張的語氣道歉。

「對、對不起。」

「喵～」

連小不點的聲音聽起來都像道歉，琴子看了牠一眼，發現牠的背縮成一團，就像在反省似的。

琴子忍不住笑了，來到這間店總能讓她笑開懷，就算遇到難過想哭的時候，最後還是會變成幸福又積極的心態。

「喵？」

小不點一臉不解地看著琴子。

「琴子小姐？」

櫂又用名字喊了她一聲，嗓音聽起來好溫暖，讓琴子的心情變得好輕鬆。

雖然從來沒畫過貓，好像也可以試試看了。

不要畏縮不前，人生只有一次，要嘗試自己能做的任何事。就算不一定能順利，可能也會失敗，也會變成寶貴的回憶。

「借我粉筆吧。」

琴子主動說道。往後就要展開全新的時刻，和以往截然不同的日子要來臨。

「好……好的。」

櫂將粉筆遞給琴子，小不點的表情充滿期待，耳朵豎了起來，那個模樣果然很滑稽。

「就算畫不好，也不能笑我喔。」

琴子笑著對兩人再三叮囑後，就拿粉筆在黑板上描繪起來。

小貓料亭特製料理

壽喜燒蓋飯

材料（四人份）

- 牛肉（壽喜燒用） 400 公克
- 長蔥 2 支
- 醬油、酒、水 各 100 毫升
- 砂糖 適量
- 牛油 適量
- 白飯 四人份

步驟

1. 將醬油、酒及砂糖放入水中攪勻，再放入小鍋中加熱製作成醬汁。
2. 將鐵鍋燒熱後化開牛油，並將斜切的長蔥段煎至微焦。
3. 加入醬汁和牛肉加熱（壽喜燒完成）。可依照個人喜好調整火候，但充分煨煮後長蔥會變得更加鮮甜。
4. 將完成的壽喜燒放在剛煮好的白飯上即可。

重點

醬油、酒、水、砂糖的分量只是參考值，喜歡濃郁口味的話就把醬油和酒調整成 1.5 倍，但還要經過煨煮步驟，所以調味要比真正的壽喜燒再淡一點，才不會太過死鹹。

國家圖書館出版品預行編目資料

小貓料亭營業中/高橋由太著；林孟潔 譯. -- 初版. --
臺北市：皇冠文化出版有限公司, 2024.5 面；公分. --
(皇冠叢書；第5157種)(mild；55)
譯自：ちびねこ亭の思い出ごはん 黒猫と初恋サンドイッチ

ISBN 978-957-33-4144-4 (平裝)

861.57 113005179

皇冠叢書第5157種
mild 55

小貓料亭營業中

ちびねこ亭の思い出ごはん
黒猫と初恋サンドイッチ

作　者—高橋由太
譯　者—林孟潔
發 行 人—平　雲
出版發行—皇冠文化出版有限公司
台北市敦化北路120巷50號
電話◎02-27168888
郵撥帳號◎15261516號
皇冠出版社(香港)有限公司
香港銅鑼灣道180號百樂商業中心
19字樓1903室
電話◎2529-1778　傳真◎2527-0904
總 編 輯—許婷婷
責任編輯—陳思宇
美術設計—單　宇
行銷企劃—蕭采芹
著作完成日期—2020年
初版一刷日期—2024年5月

法律顧問—王惠光律師

讀者服務傳真專線◎02-27150507
電腦編號◎562055
ISBN◎978-957-33-4144-4
Printed in Taiwan
本書定價◎新台幣320元/港幣107元